I Quaderni del Circolo

ANTONIO

OSSIA

L'ORFANO DI FIRENZE

RACCONTO

AD IMITAZIONE DI QUELLI

DEL CANONICO

CRISTOFORO SCHMID

TRADUZIONE

DI

CARLO GROLLI

RIEDIZIONE A CURA DI

SERGIO FUMICH E MARIO GAZZOLA

ANDREANI
CIRCOLO CULTURALE ANTICONFORMISTA
BREMBIO

L'attività editoriale del Circolo Culturale Anticonformista "Andreani" è particolarmente diretta al recupero di vecchie pubblicazioni che sono state parte della cultura locale nell'Ottocento e nel primo Novecento. Con la pubblicazione dei Quaderni *il Circolo intende adempiere ai suoi scopi statutari che indicano come primo obiettivo il recupero e la valorizzazione della cultura locale nelle varie forme ed aspetti con cui nel tempo si è manifestata, la storia e le tradizioni della civiltà agricola che nelle diverse epoche ha arricchito il territorio, la storia della gente di Brembio e dei suoi legami con il circostante territorio lodigiano, con l'altra gente lombarda ed in generale con le vicende nazionali.*

ANTONIO OSSIA L'ORFANO DI FIRENZE

Riedizione a cura di Sergio Fumich
Supervisione grafica di Mario Gazzola

In copertina un disegno di Giacomo Bassi

Prima edizione nei Quaderni: Ottobre 2012

ISBN 978-1-291-10928-3

Circolo Culturale Anticonformista "Andreani"
Brembio

Nota Introduttiva

La riedizione di questa novella del canonico Christoph von Schmid è parte dell'attività culturale del Circolo Andreani, operante nella Bassa lodigiana, volta al recupero di vecchie pubblicazioni che sono state patrimonio della cultura locale nei secoli scorsi. Il testo è tratto da una più ampia raccolta di racconti dello Schmid, libro che è stato recuperato insieme ad altri tra ciò che resta della biblioteca delle sorelle Caterina e Maria Zanoni, che trascorsero gli ultimi trent'anni della loro vita a Brembio.

L'intento di queste pubblicazioni è quello di testimoniare come l'orizzonte culturale in queste campagne, nell'Ottocento e nella prima metà del Novecento fosse molto più ampio e pieno di interessi e sfaccettature, di quanto comunemente si sia portati a credere, sviati da una sorta di vulgata che tende a sminuire la portata di quella civiltà agricola, protrattasi fino alla prima parte del secolo scorso, che ha fatto ricco questo territorio.

ANTONIO

OSSIA

L'ORFANO DI FIRENZE

RACCONTO

AD IMITAZIONE DI QUELLI

DEL CANONICO

CRISTOFORO SCHMID

TRADUZIONE

DI

Carlo Grolli

Milano

TIPOGRAFIA E LIBRERIA PIROTTA E C.

1841

Il testo che viene qui riproposto è la versione italiana, per la traduzione di Carlo Grolli, pubblicata a Milano nel 1841 dalla Tipografia e Libreria Pirotta e C. L'unico intervento sul testo originale, effettuato dal curatore, è stato, nella riproposta, quello di parziali adattamenti alle regole correnti di alcune particolarità ortografiche, in modo da rendere la scrittura più familiare all'occhio del lettore contemporaneo. Si sono mantenute invece parole oggi desuete o arcaiche come pure tutti quegli artifici che rendono melodiosa la lettura. Si è mantenuta conforme infine la disposizione in capitoli, secondo il testo originale.

L'autore, Christoph von Schmid, nacque il 15 agosto 1768 a Dinkelsbühl in Baviera. Fu uno scrittore di racconti per bambini ed un educatore. Morì ad Augusta (Augsburg) il 3 settembre del 1854. I suoi racconti furono al tempo molto popolari e tradotti in molte lingue. Nel mondo anglosassone, ad esempio, il suo libro più conosciuto è "Das Blumenkörbchen", in inglese "The Basket of Flowers", "Il Cesto dei Fiori".

Christoph von Schmid.

Stahlstich von Karl Meyer etwa aus dem Jahre 1850.

Schmid studiò teologia e fu ordinato sacerdote nel 1791. Servì come coadiutore in diverse parrocchie, fino al 1796, quando fu chiamato a dirigere una grande scuola a Thannhausen sul Mindel, dove insegnò per molti anni. Cominciò presto a scrivere libri destinati ai suoi scolari cui insegnava i valori cristiani; il suo primo libro fu, nel 1801, "Biblische Geschichte für Kinder", una storia della Bibbia per bambini. Attività che continuò nell'arco di tutta la sua vita, riconosciuto da molti come un pioniere della letteratura per la gioventù. Oltre alle due citate, altre opere molto conosciute sono "Der Weihnachtsabend", "Genoveva", "Die Ostereier" e "Erzählungen für Kinder und Kinderfreunde". Scrisse anche poesie, che inserì nelle altre sue opere, ed una autobiografia, “Erinnerungen aus meinem Leben”, che fu pubblicata nel 1853–1857. Da aggiungere ancora che dal 1816 al 1826 fu parroco ad Oberstadion nel Württemberg e che nel 1826 fu nominato canonico della Cattedrale di Augusta, città dove, ormai ottantasettenne, morì di colera.

ANTONIO

OSSIA

L'ORFANO DI FIRENZE

CAPITOLO PRIMO

La compagnia dei cavallerizzi

Il signor Valbrun, ricco negoziante della città di N..., nel passare un giorno dalla contrada di San Nicola, si sentì scosso da un suono acutissimo di trombe che veniva d'alquanto lontano: indi a poco vide camminare alla sfilata una compagnia di cavallerizzi d'un genere somigliante a quella di Franconi. Questi cavalieri erano coperti di splendide vesti, e recavano in pugno numerose bandiere che sventolavano al soffiare del vento; e molti curiosi, in ispecie fanciulli, traevano da ogni parte ad osservarli, allettati da quella musica fragorosa. Carluccio, che era il figlio maggiore di Valbrun, e che camminava a fianco, chiese al padre suo di tener dietro alla comitiva, e quegli di buon grado vi aderì.

Il capo della compagnia, che rappresentava il grande Malboroug, attiravasi gli sguardi della moltitudine. Ma Valbrun, poco curandosi di lui, non poteva saziarsi dall'osservare un giovinetto, sui dodici anni, di meravigliosa bellezza, che stava innanzi al drappello, e portava una magnifica bandiera. Costui montava con garbo un cavallino di color bigio, e vestiva un largo pantalone bianco foggiato alla mammalucca con un soprabito di velluto ricamato in oro, che gli crescevano il bello della persona. Le vaghe piume, di cui era composto il suo pennacchio, scendevano ad ombreggiargli l'elmo; e vedeasi cascare sulle sue spalle una folta capellatura bionda, i cui morbidi ricci formavano leggiadro contorno al suo florido volto. Benché ne' suoi occhi brillasse ancora l'innocente vivacità dell'infanzia, pure si scorgeva in lui una gravità non comune all'età sua. La fronte manifestava l'espressione di un soave candore, le guance apparivano tinte di un vaghissimo colore incarnato, e quando egli poneasi a girare i suoi sguardi sulle persone affollate, leggeva in tutti i volti la compiacenza ch'essi avevano nell'osservarlo ed ammirarlo.

I fanciulli lo andavano contemplando con una specie d'invidiosa cupidigia. Quasi tutti avrebbero desiderato trovarsi al suo posto, indossare i suoi abiti sfoggiati, essere adorni dello stesso cimiero, portare il medesimo vessillo, cavalcare quel vivacissimo suo destriero, e chiamare a sé gli sguardi della moltitudine: per tal modo sembrava ad essi invidiabile la condizione del giovanetto cavallerizzo.

Poco innanzi a Valbrun ed a suo figlio, camminavano due fattorini da falegname, i quali ragionavano così fra di loro: – Quanto è felice colui! altro pensiero ei non ha che quello di mettersi intorno degli ornamenti e di mostrarsi al pubblico, mentre noi ci troviamo tutto il dì condannati a lavorare colla sega, colla raspa o colla pialla: egli è ammirato, e noi neppure osservati! e come i suoi abiti sono belli, come differenti dai nostri! Dalla ritondezza delle sue guance e dal lietissimo aspetto si può arguire di certo che la sua mensa non è cattiva, e ch'ei non è si spesso rampognato dal suo padrone, come pur troppo noi lo siamo. – Ah! l'uno diceva, come volentieri cambierei la mia pialla e il mio grembiale con quella bandiera e con quel ricco pantalone. – Ed io, rispondeva l'altro, il mio trapano ed il mio berretto di lavoro col suo scudiscio e col suo elmo dorato.

– E tu? disse Valbrun a suo figlio.

– Ed io, papà, rispose Carlo, avrei ben caro d'essere al suo posto.

– Ed egli forse, ripigliò il padre, preferirebbe d'essere al tuo ».

Carluccio, come avviene della maggior parte dei fanciulli, si lasciava facilmente sedurre dalle apparenze, ed aveva per soprappiù un carattere ardente e risoluto. Il padre suo, che con ragione se ne addolorava, stava spiando qualche occasione favorevole per mostrargli come le apparenze siano spesse volte fallaci, e quanto danno rechi a sé medesimo colui che decide senza aver prima riflettuto.

– Tu vorresti, per quanto dici, essere al posto di questo giovinetto? disse Valbrun.

– Sì, papà.

– Ebbene, domani io proporrò al capo di prenderti nella sua compagnia.

– Ma sarò io vestito come quel giovinetto?

– Sì.

– E avrò anche un bel cavallo come quello che abbiamo visto?

– Sì, figlio mio, queste saranno le condizioni del tuo accordo ».

Carluccio era lietissimo d'un tale disegno, e già s'inebbriava del piacere che avrebbe provato nel cavalcare e nel farsi ammirare dagli altri. Suo padre, che se n'avvide, lo lasciò in preda al suo entusiasmo.

– E poi, papà, ripigliò il fanciullo, bisognerà convenire che il capo non abbandoni la nostra città, o che, se deve condurmi via, meni seco anche te colla mamma e con mia sorella.

– Oh ciò non è possibile, amico mio. Questa sorta di persone non si guadagnano altrimenti il loro pane che coll'andar vagando di città in città, e in paesi assai lontani. Quando il capo partirà di qui, ti condurrà seco lui, perch'egli ha bisogno di tutti i suoi attori; ma non può condur via né me, né tua madre, né tua sorella, perch'egli verrebbe a gittare nelle spese di viaggio l'aver suo, quando volesse menar seco tutti i parenti de' suoi cavallerizzi. E poi i miei affari mi obbligano al soggiorno della nostra città. Tu dunque partirai senza di noi co' tuoi compagni, come questo fanciullo che non sarà stato sicuramente seguito dalla sua famiglia.

– Tu giudichi, papà, ch'egli non abbia la mamma?

– Non l'ha senza dubbio.

– E quando è malato, chi si prende cura di lui? Quando ei commette qualche fallo, chi per lui invoca perdono? Quando è oppresso da qualche grave rammarico, chi se lo piglia dunque sulle ginocchia, lo bacia e lo consola?

– In fede mia, riprese il padre, io non ne so nulla; ma gli è certo che ha uno splendido pennacchio, una divisa che abbaglia, uno de' più graziosi cavalli che mai vedere si possano.

– Oh! sì, rispose Carluccio con volto pensoso, tutto ciò va bene! ma egli non ha la mamma ».

Valbrun, pago oltremodo d'aver guidato suo figlio ad una tale riflessione, non si curò di tirar in lungo quel discorso; e Carluccio, che teneva ancora gli occhi fissi sul giovane cavallerizzo, si trovò immerso in una specie di melanconia.

Intanto la compagnia, continuando il suo cammino, giunse davanti al magazzino d'un mercante di panni, ove si vedeva appesa alla porta una lunga pezza di stoffa rossa che il vento gagliardissimo faceva svolazzare in qua e in là. Il corridore, fatto più ardente e brioso per la leggerezza e poca vigoria del piccolo cavalcatore, cominciò ad impennarsi, a lanciar calci e a fare ogni sforzo per rovesciare d'arcione il suo cavaliere. Ma il giovanetto, dispiegando una destrezza ed una presenza di spirito mirabili all'età sua, uscì vittorioso da quella lotta, e non fu pur visto barcollare, non impallidire. Così quel focoso destriero venne domato dalla mano di un animoso fanciullo.

Gli applausi e le lodi si levarono da ogni parte, e quello fu un vero trionfo pel giovanetto, il quale, malgrado ciò appariva tranquillo e modesto. Allora Carluccio, ponendo in dimenticanza la sua mamma, la sorella e quanto avea causata la sua incertezza, ritrasse la mano dal braccio di suo padre, e gli disse con aria d'entusiasmo: – Papà, tu m'arruolerai domani, n'è vero? – Sì, figliuol mio, giacché sei proprio risoluto », rispose il padre. E Carluccio non pensò più che al diletto ed alla gloria che avrebbe acquistato con una professione, a suo parere, sì bella.

La comitiva si fermò sulla piazza del mercato grande. Sulle prime il lepido pagliaccio divertì la moltitudine con molte buffonerie; ma poi, cambiando ad un tratto l'atteggiamento ed il linguaggio, proclamò il pomposo annunzio della rappresentazione serale. Allora Valbrun seguitò il suo cammino, e si diresse alla posta per mettervi alcune lettere.

Carluccio mostrò una brama ardentissima di assistere a quella rappresentazione, e balzò dall'allegrezza allorché suo padre gli promise di condurvelo. In quel luogo Valbrun sperava trovare qualche occasione per dimostrare a suo figlio che quel ragazzo non era felice quanto sembrava, e che scontava a troppo caro prezzo la vana ambizione da cui quei fanciulli si lasciavano affascinare. Pensava egli che, soprattutto nel visitare il circo un po' prima dello spettacolo, e quando gli attori della compagnia stavano apparecchiandosi, si dovessero veder cose atte a disingannare suo figlio. Vi si recò dunque di buonissim'ora con Carluccio, e chiese di percorrere il circo; il che gli fu tosto concesso, essendo egli uno de' principali negozianti della città.

Il circo non era ancora illuminato, ma vedeasi luce in un'attigua casetta, in cui stavano quelli della compagnia a ricevere gli ultimi ordini del direttore. Era insorta in quel momento una contesa vivissima. La voce del direttore soverchiava tutte le altre, ed imponeva loro silenzio. Quest'uomo, forsennato dalla collera e bestemmiando ad ogni tratto, ripeteva continuamente – Ov'è Antonio? Ma dov'è dunque Antonio? È molto tempo che quel briccone dovea trovarsi qui. Ah! gl'insegnerò io a farci aspettare ».

Ora Antonio era il piccolo cavaliero di cui i fanciulli invidiavano la supposta felicità; ora già al tuono di quelle minacce, Carluccio si sentiva l'animo grandemente agitato.

Un momento dopo uscì dalla casetta un giovane; Valbrun stava per raggiungerlo ed interrogarlo, quando vide Antonio di ritorno dalla città entrare nel circo e correre verso la casa. – Sbrigati, dunque, gli disse il giovane con accento di rimprovero, il direttore ti aspetta, egli è adiratissimo ». In quel mentre il direttore stesso comparve, e, visto Antonio, gli si fece addosso, lo afferrò pel collare, lo trascinò nella casa, e poco dopo quell'infelice fanciullo fu sentito mandar grida lamentevoli sotto a' colpi di scudiscio, da cui veniva crudelmente percosso.

Per buona ventura sopraggiunse in quell'istante la moglie del direttore. Siccome la porta era rimasta aperta, così Valbrun ebbe agio di vedere questa donna lanciarsi tra la vittima e suo marito, di cui faceva ogni sforzo per trattenere il braccio, gridandogli contro con giusta indignazione: – È una cosa orribile! voi non avete diritto di ucciderlo; lo farete perire sotto i vostri colpi! » E dopo molti sforzi, ottenne, se non di calmare, almeno di allontanare suo marito; il quale si ritrasse, minacciando tuttavia, con orribili imprecazioni, il misero Antonio, a cui il dolore strappò ancora per qualche tempo delle grida lamentevoli e dei lunghi gemiti.

Siccome la porta di quel ridotto era rimasta ancora mezzo aperta, così Valbrun e Carluccio vi si accostarono, e in fondo alla cameretta videro lo sventurato Antonio disteso sopra una specie di pagliariccio. Il suo viso, da prima sì leggiadro, era inondato da grosse lagrime, e agitato da moti convulsivi; a guisa di verme s'attorcigliava colla persona, e pareva tormentasse in tutte le parti del corpo.

Intanto l'altro giovane, che la moglie del direttore chiamò col nome di Battista, si pose ad accendere le lampade. Valbrun e suo figlio uscirono dal circo, e si diedero a passeggiare nei contorni, aspettando l'ora dello spettacolo. Amendue camminavano in silenzio; ogni volta che passavano vicino ad un luogo illuminato, il padre esaminava di soppiatto l'aspetto del figlio, e lo vedeva atteggiato ad una certa serietà e mestizia. Pareva che Carluccio si fosse ricreduto de' suoi vani desideri per l'equitazione, e suo padre lo lasciò per un istante riflettere sulla scena dolorosa di cui erano stati testimoni. Dopo alcuni minuti, Valbrun disse con aria d'indifferenza: – Così è deciso: dimani mattina io ti faccio iscrivere in quella compagnia ».

Non appena ebbe pronunciate queste parole, che sentì la mano di Carlo tremare nella sua.

– Oh! no, papà, non farmici entrare, te ne prego.

– Come! ripigliò il padre, ti sei già cambiato di parere?

– Sì, papà.

– Per qual ragione?

– Non hai visto come Antonio fu percosso? Quel crudel uomo l'avrebbe ucciso se non frapponevasi la padrona.

– E così, non bramerai più d'essere al suo posto?

– No, no, mio papà! oh! no davvero: preferisco stare al mio.

– Tu non parlavi così questa mattina.

– Perché questa mattina non sapeva in che modo venisse trattato.

– Ecco, figliuol mio, come sono i fanciulli, e troppo spesso gli uomini medesimi; veggono delle cose che al primo colpo d'occhio gli allettano, e perciò le desiderano e vorrebbero ottenerle con ogni sorta di sacrifizi, senza darsi pensiero di esaminare, se queste cose, in apparenza belle, non abbiano più inconvenienti nascosti che vantaggi e attrattive. Tu, per esempio, allorché vedesti questa mattina il rigoglioso pennacchio, la splendida veste, il leggiadro destriero, l'agilità e il garbo del giovinetto cavallerizzo; allorché sentisti gli elogi e gli applausi che gli venivano tributati, tu ne fosti preso d'entusiasmo: volevi lasciare tua madre e me, ed abbandonarti nelle mani di questo straniero brutale e crudele. Tu credevi che la tua vita avesse solo a consistere nell'adornarsi, cavalcare, ricevere applausi dal pubblico, e quindi complimenti e carezze dal suo padrone. Lo riputavi più felice di te, e tale ancora lo stimeresti se il caso non ci avesse fatti assistere alla correzione barbara e forse ingiusta ch'egli ha sofferto testé. Quei fattorini da falegname che camminavano innanzi a noi questa mattina, sono certamente da compiangersi molto meno di lui. Pure essi invidiavano la sua felicità e la sua gloria, e son certo che Antonio cambierebbe volentieri il suo stato col tuo ed anche col loro.

« Vedi, figliuol mio, ognuno in questa terra osserva e ingrandisce coll'immaginazione i mali e le afflizioni del proprio stato, e disdegna i vantaggi ch'esso offre, perché un godimento abituale ci rende indifferenti a tutti i piaceri e a tutti i beni che si possono incontrare nel mondo, toltone quelli che ci sono offerti dalla religione e dalla virtù, mentre al contrario l'uomo mal s'abitua al male per tenue ch'esso sia. Ecco il motivo per cui, quando siam poco ragionevoli, ci sentiamo portati a riputarci infelici ed a credere felici gli altri, anche questi quando lo sono in realtà molto meno di noi. Così tu non apprezzi molto le focacce, perché ne hai quante ne vuoi, e ti torna più caro dispensarle a' poveri fanciulli bisognosi di pane, che non mangiarle tu stesso. Nell'istessa guisa tu mostri di far poco conto delle carezze e delle cure della tua famiglia, dacché eri disposto ad abbandonarci tutti; ma quantunque ti tocchino spesso rampogne e punizioni, pure non sono in tale misura, che ti tolgano la felicità della vita. Lo stesso avviene di quei giovani legnaiuoli, i quali non pensano che alle miserie ed ai pesi del loro stato, e non pongono mente alle dolcezze ed ai vantaggi che ne potrebbero cavare. D'altra parte l'uomo osserva gli utili ed i piaceri solamente nello stato altrui, gl'ingrandisce colla propria immaginazione, perché non vi è accostumato, né s'avvede dei mali che gli accompagnano. In tal modo ogni individuo è malcontento del proprio stato, ed agogna la supposta felicità del suo simile, felicità che questo invidia ad un altro. Tu, insieme con quei fattorini da falegname, sei stato affascinato dalla gloria d'Antonio, e non potevi sospettare che costui venisse percosso da colpi di scudiscio; ma egli, che n'è il bersaglio, e che forse patisce altri affanni che noi ignoriamo, egli, a cui tocca cavalcare più di quello che vorrebbe, egli dev'essere infastidito di quei vani applausi che paga poi a sì caro prezzo; ed è naturale che, nel vedere altri fanciulli, a te somiglianti, i quali sono teneramente cresciuti dai loro genitori, dica con tutta l'espressione dell'animo: Ecco de' fanciulli di me ben più felici! Dio sa quanto desidererei di trovarmi al loro posto! E ciò dicendo Antonio si mostrerebbe tanto fornito di senno, quanto tu sei stato insensato.

« Mio caro Carluccio, ogni condizione umana ha i suoi dolori ed i suoi mali, né avvi sulla terra perfetta felicità; ma anche in tutti gli stati v'hanno beni e consolazioni. La felicità non è riposta che nell'operare saviamente, e la vera sapienza consiste nell'adempiere il meglio che si può ai doveri che abbiamo verso Dio, i genitori ed il prossimo, e nello star contenti ai vantaggi del proprio stato, sopportandone con cristiana rassegnazione le privazioni, i dolori e i mali senza invidiare la sorte di alcuno.

« Esamina ora, amico mio, ciò che tu invidiavi ad Antonio: la sua splendida divisa. Ma se ti fossi fatto più dappresso, avresti veduto una stoffa molto men bella di quella de' tuoi abiti; le pagliuole e i galloni che prendi da lungi per oro puro, non sono altro che rame già offuscato dall'uso; quel grazioso destriero non è suo, egli non lo può montare quando gli aggrada, ed all'incontro è costretto salirvi quando ha tutt'altro desiderio, e tu hai potuto avvederti che non lo cavalca senza pericolo. La destrezza ed il garbo ch'ei mostra, furono da lui acquistati dopo una lunga e dura scuola. La leggiadria e la agilità di cui fa pompa, apparvero in lui dopo lungo e amaro tirocinio, ed ogni lezione gli è forse costata tanti colpi quanti ne ricevette dianzi sotto i tuoi occhi. Eccoti dunque in che modo le persone prive di riflessione s'illudono nei loro giudizi, e nelle brame suggerite loro da un'insana cupidigia ».

Carlo, tenendo china la testa, ascoltava i paterni consigli senza ripeter parola. Egli mostravasi confuso, e prometteva a sé medesimo d'essere più ragionevole in avvenire, di non abbandonare, per quanto era in lui, i suoi amorosi genitori, e di rispondere con docilità e compiacenza ad ogni loro volere. Le notizie ch'ebbe in seguito circa le sventure del povero Antonio contribuirono a renderlo più saldo in queste risoluzioni, e gl'indussero nell'animo la persuasione, che non bisogna lasciarsi sedurre mai dalle apparenze, né desiderar cosa di cui non si abbia perfetta cognizione.

Durante questo colloquio, il circo era stato aperto al pubblico, e appariva leggiadramente illuminato. Quando Valbrun v'entrò con suo figlio, il numero degli spettatori veniva sempre più aumentandosi, in modo che ne fu presto riempiuto, e la compagnia equestre poté a quella prima rappresentazione conseguire un introito considerevole.

Lo spettacolo ebbe principio da una rassegna brillante di tutti i cavallerizzi. Ai primi tocchi d'una musica fragorosa si spalancarono le imposte d'un'ampia porta, e tutti quegli artisti, ricoperti d'abiti di velluto riccamente adorni e sfolgoranti di pagliuole d'oro e d'argento, mossero innanzi lentamente a due a due, e sfilarono alla presenza degli spettatori, compiendo il giro del circo. Sui loro elmi dorati vedeansi ondeggiare gli ampi e svariati cimieri. Tutti ammiravano la loro agilità e la maestria dei loro cavalli. Ma per quanto imponente fosse l'insieme di quel corteggio, gli sguardi degli spettatori erano rivolti al piccolo Antonio. Stavasi egli ritto in piedi sul suo cavallino baio. Ora, sia che, appoggiandosi sulla bandiera rizzata sul pomo della sella, pigliasse un atteggiamento eroico, sia che agitasse la bandiera con ammirabile garbo e disinvoltura, in qualunque modo riscuoteva universali applausi.

– Osserva quello sventurato giovinetto, disse Valbrun a Carlo, tu dianzi il vedesti disteso sulla paglia, gemere sotto i colpi di scudiscio di cui lo caricava il padrone, ed ora lo miri far violenza al dolore che ancora gli rimarrà, pigliare aspetto sereno, divertire gli spettatori inconsapevoli delle sue sciagure, e far buon viso all'uomo brutale, che, non di padrone, ma di carnefice gli tien luogo.

– Oh! papà, rispose Carlo, quanto mi sembra ora infelice! e Dio sa com'io avrei a caro di toglierlo dalle mani di quell'uomo scellerato. Non potresti tu liberarnelo?

– Non è cosa tanto facile, amico mio. Se però mi s'offrisse il buon destro, mi v'impegnerei con tutto l'animo ».

I primi esercizi di quella rappresentazione, tuttoché semplici e agevoli, diedero a conoscere la perizia ed il gusto di quegli artisti. Ma in seguito il giovinetto Antonio comparve solo. Ritto in piedi questa volta sopra quattro cavalli, prese degli atteggiamenti gli uni più graziosi degli altri, indi eseguì, a suon di musica, un ballo di carattere con tanta precisione e leggerezza, che non lasciava a desiderar più oltre. Nello stesso tempo si pose a manovrare con due bandiere, una per mano, e duravasi fatica a comprendere come un sì tenero giovinetto potesse trasmettere agilmente due bandiere da una mano all'altra, nel tempo stesso che cambiava i suoi atteggiamenti, e conservare l'equilibrio sopra quattro cavalli avviati al galoppo intorno al circo.

I salti per traverso a quattro cerchi furono ancor più ammirabili, ma ben più pericolosi. In fine fu intonata un'armoniosa marcia, e Antonio, inchinandosi bellamente, salutò più volte gli spettatori, i quali risposero con evviva clamorose e con salve di applausi.

La rappresentazione dovea chiudersi col gran salto pericoloso del pagliaccio, da eseguirsi sopra ventiquattro soldati che stavano in armi colla baionetta in capo al fucile. A questo giuoco di forza, che il pubblico aspettava con ansiosa impazienza, Valbrun non volle essere presente, perch'egli, come persona ragionevole e dabbene, non poteva dissimulare il ribrezzo per siffatti esercizi, privi di vaghezza e di leggiadria, i quali altro pregio non avevano che quello di far rabbrividire l'animo degli spettatori.

Valbrun e suo figlio sarebbero usciti di là molto appagati, se la memoria loro non fosse stata funestata dalla barbara correzione inflitta ad Antonio. Valbrun n'era tristamente preoccupato al momento di coricarsi, e Carluccio, compassionevole del pari che sgomentato, gli raccontò l'indimani come quell'orribile scena l'avesse inquietato ne' suoi sogni.

Fermiamoci qui un momento, o giovani amici, prima per isvolgere il carattere e la condotta d'Antonio, e poi per riconoscere e ammirare le vie adorabili della Provvidenza.

Antonio avea sortito da natura un'ottima indole, e i genitori suoi gli avevano instillato i più puri principi, rafforzandoli con esempi di virtù. Giammai fanciullo non s'era mostrato più tenero di lui, più docile, più religioso. Nondimeno Iddio, per viepiù perfezionarlo permise ch'egli cadesse, dopo una serie d'avvenimenti, di cui toccheremo quanto prima, nelle mani d'un uomo che lo trattava con indicibile asprezza. Di tali mezzi si serve Iddio alcuna volta, figli miei, per rendere la vera virtù più pura e più salda. Essa, non che muovere querela contro siffatte prove, le riguarda come benefici del Signore, le accoglie con rassegnazione, le tollera con coraggio, e n'esce più meritevole dell'eterna vita. Antonio, benché assai giovine e sventurato, non lasciò mai sfuggire lamento contro i destini della Provvidenza. In mezzo ai più terribili affanni ed alle più dure privazioni, egli piangeva, pregava, e, pieno di fiducia in Dio, gli disvelava le sue angustie, ed attendeva dalla divina misericordia un avvenire migliore. Né mai gli avvenne di nutrire odio contro il suo oppressore; al contrario, lo compiangeva per essere uomo si collerico e malvagio, e non pregava mai per sé senza aver prima pregato pel suo indegno padrone. In una sola cosa gli negava obbedienza, ed era che, non volendo quell'empio sentir parlar di religione, e vietando ad Antonio, sulla minaccia dei più severi castighi, di frequentare le chiese, di vedere i sacerdoti, di accostarsi ai Sacramenti, e perfino di recitare le proprie preghiere, Antonio, benché fosse mite e sottomesso, pure né per minacce, né per privazioni, né per battiture, non lasciossi mai strappare la promessa di conformarsi a sì iniqui comandi.

« – Io temo voi, aveva egli detto al suo capo, ma temo Dio ancor più; poiché il Signore è di voi più potente, ed io obbedirò agli ultimi consigli de' miei buoni genitori, ai precetti della Chiesa ed ai sacri comandamenti di Dio, piuttostoché al vostro volere. Il mio corpo è nelle vostre mani, potete castigarmi ed uccidermi; ma io implorerò dall'Altissimo il coraggio di vivere e morire fedele alla sua legge, ad imitazione dei sette Maccabei. Mia madre non sarà presente per farmi animo, ma io reco scolpite nel cuore le lezioni di pietà ch'essa mi ha fatte succhiare negli anni infantili ». A sì magnanime parole il direttore rispose con una gragnuola di colpi di scudiscio. Ma nulla poté smuovere il giovane martire dalle sue risoluzioni.

Antonio avrebbe di leggieri evitato questi duri trattamenti commettendo una menzogna; ma egli aborriva dal mentire, riguardandolo come grave peccato, e per nulla al mondo sarebbesi indotto a negare il suo Dio anche a pure labbra. Recitava dunque regolarmente e con un fervore edificante le sue preghiere della sera e della mattina, pregava prima e dopo il pranzo; onde il direttore, disperando poter abbattere quella fermezza cristiana, s'appoggiò al partito di non più opporvisi. Solo compiacevasi nell'addolorarlo, sia interrompendolo con inutili comandi, sia scagliando verso lui gli scherzi più indecenti; ma Antonio, dopo aver obbedito agli ordini che gli venivano dati, ripigliava le interrotte preghiere, e non era più sensibile ai motteggi, come se di lui non si fosse punto parlato.

Il suo padrone cercava d'impedirgli che frequentasse le chiese e conferisse coi sacerdoti, i quali avrebbero potuto toglierglielo di mano, e ciò otteneva con un mezzo facile, qual era quello di rinchiuderlo. Ma Antonio riusciva qualche volta a fuggire, ed allora correva ad adorare Iddio nel suo tempio, e ad assistere ai divini uffizi, se n'era il momento opportuno. Quanta felicità non sentiva mai questo devoto fanciullo quando si trovava in mezzo ai fedeli a cantare le lodi del Signore o ad assistere al santo sacrificio della Messa! Oh! quanto invidiava la felicità delle persone ammesse alla sacra mensa! La sua fede e l'ardente sua carità gli facevano vedere Gesù Cristo, realmente presente sotto le apparenze eucaristiche. Quanto avrebbe desiderato di unirsi intimamente a quel Dio tutto amore, che nutre in un modo ammirabile i suoi figli indeboliti, e che, a guisa di manna deliziosa, li fortifica in mezzo al deserto della vita!

Da quale religiosa tenerezza e da qual dolore non fu egli tocco allorché, nelle ultime Pasque, vide alcuni fanciulli dell'età sua accostarsi alla prima comunione!

« – Oimè, quanto sono felici questi fanciulli! diceva tra sé. Essi sono guidati dai genitori sul cammino del Signore, indi ricevono tutti gli ammaestramenti da venerabili sacerdoti, i quali li fanno preparati a ricevere degnamente la visita del Salvatore, che discenderà nelle anime loro e li ricolmerà di una gioia celeste! Ed io, misero orfanello, costretto a non sentire che ingiurie ed imprecazioni, deh! quando potrò, o mio Dio, rientrare nel seno della Chiesa onde sono così di continuo allontanato! Quando potrò adorarvi liberamente, ascoltare la vostra santa parola, ed apparecchiarmi anche alla santa comunione! »

Il giorno della prima rappresentazione, data nella città dove abitava il signor Valbrun, era domenica. Il buon Antonio erasi fuggito di casa, ed aveva protratta di troppo la sua assenza, appunto per assistere ai vespri e starvi fino alla fine. Abbiamo visto come il barbaro suo direttore aveva in lui punito quell'atto di fervorosa devozione; ma Antonio non s'avvisava mai di pagar troppo cara la consolazione che poteva procurarsi così di rado, coll'intervenire ai divini uffici.

Antonio, figliuoli miei, merita di essere additato come modello alla gioventù cristiana. Benché non fosse sotto la sopravveglianza dei genitori, vedete con quale fedeltà seguitava i religiosi ammaestramenti da lor ricevuti. Benché il suo padrone fosse ingiusto, empio e crudele, vedete come gli era sottomesso in ogni cosa che non si opponesse alla religione. Benché gli fosse rigorosamente vietata la frequenza alle chiese e la comunicazione coi preti, vedete com'egli s'esponeva, senza esitazione, ai più terribili castighi per recarsi alla chiesa ogni volta che poteva, e come desiderava ricevere, dai ministri del Signore, quei religiosi ammaestramenti che illuminano e rassodano la fede.

Intanto il buon Dio, pago della rassegnazione e della bontà di Antonio, aveva segnato il termine delle sue sventure e della sua schiavitù, e volle che lo stesso Valbrun fosse l'operatore della futura di lui felicità. Quando la compagnia si recò il primo giorno alla piazza grande, il povero Antonio non poteva in alcun modo prevedere che la bontà divina gli farebbe trovare sulla via un amico verace, un protettor generoso. Quando la sera il padrone lo puniva sì barbaramente, perché avea adempito ai doveri di cristiano coll'assistere ai vespri, egli non immaginavasi punto Iddio si valesse di quel duro castigo per premiarlo del suo zelo religioso. Ora, a questa medesima punizione egli dovette la tenera sollecitudine che di lui presero Valbrun e suo figlio, il quale non era più sensibile alla prima seduzione di quella falsa gloria.

Allorché Valbrun recossi al circo con suo figlio, non avea altro pensiero che di porgere a questo un'utile lezione, e non sospettava che Dio lo avesse colà condotto per mostrargli la miseria d'Antonio, e interessarlo alla sorte di questo tenero e virtuoso orfanello, il quale non aveva sulla terra né parente, né amico, né persona da cui potesse implorare assistenza o pietà. Ma, dopo quel momento, Carluccio, spinto da naturale bontà e insieme da paura, non cessò di raccomandare Antonio al generoso animo del padre, il quale promise, dal canto suo, di operare quanto poteva a favore di quel disgraziato fanciullo.

In tal guisa, figliuoli miei, quel Dio che segretamente dirige ogni cosa con paterna sollecitudine, veglia altresì sulla sorte degl'infelici abbandonati dagli uomini, e, quando ne sieno meritevoli, invia loro soccorsi nel momento appunto in cui meno vi pensano, e con mezzi del tutto inaspettati. Sia dunque in noi sempre viva la fiducia nella divina bontà, la quale non manca mai alla sventura paziente e rassegnata.

Valbrun non si sarebbe mai immaginato che i suoi affari lo dovessero mettere a contatto col direttore della compagnia equestre; nondimeno questo per l'appunto accadde. Così piacque alla Provvidenza di fornirgli alcuni indizi atti ad interessarlo ancor più sullo stato di Antonio.

Il signor Ghiberti, così chiamavasi il direttore, aveva ottenuto da una delle prime case bancarie di Lipsia una lettera di raccomandazione diretta alla casa Ideber. Ora il negoziante Ideber era morto otto giorni prima che il signor Ghiberti desse la sua prima rappresentazione in questa città, ed il signor Valbrun era stato chiamato esecutore testamentario e tutore de' figli del defunto. Quando adunque nel giorno susseguente alla prima rappresentazione, Ghiberti volle rimettere la sua lettera di raccomandazione, gli fu riferita la morte del negoziante, e venne consigliato a dirigersi al signor Valbrun, come attuale direttore della casa Ideber. Ghiberti andò quindi a trovarlo, e gli rimise la sua lettera di credito. In essa egli veniva presentato come uomo onesto e solido, e oltre a ciò, la casa Ideber portava la sua cauzione fino alla concorrenza d'una somma considerevole, nel caso in cui Ghiberti avrebbe avuto bisogno d'un prestito.

Valbrun stesso, parlando ad un amico, narrò questo fatto così:

« Sebbene quest'uomo si fosse presentato con maniere assai cortesi e disinvolte, io gli corrisposi, mi è forza confessarlo, con un'accoglienza assai fredda, che, senza dubbio, egli avrà ascritto a difetto d'urbanità. Ma era ancor troppo viva in me la memoria dei cattivi trattamenti usati al povero Antonio perché l'avessi a ricevere con espressioni di cordialità. Siccome le susseguenti rappresentazioni di quella compagnia continuavano ad aver un favorevole successo, così il direttore mi faceva recare i guadagni che avea disponibili, per tramutarli in tante tratte sopra Amburgo, e questa circostanza contribuì a rendere frequenti le nostre relazioni.

« Un giorno, essendomi recato da lui per affari, non lo trovai, e incontrai solamente quel giovane sopra mentovato, per nome Battista. Vedendolo solo, mi venne desiderio d'entrar con lui a ragionamento per avere qualche schiarimento sullo stato di Antonio; poiché tanto maggior interesse io prendeva per questo giovanetto, quanto pe' suoi talenti e per le doti della persona era divenuto il tema di tutte le conversazioni distinte. In quel primo colloquio con Battista, seppi ch'egli, in conseguenza d'un alterco avuto col suo capo, avea chiesto il suo congedo; e il tuono misterioso che assumeva nel parlare d'Antonio, mi lasciò travedere esservi qualche tristo segreto circa gli avvenimenti di quel giovane sfortunato.

CAPITOLO SECONDO

Il ragazzo venduto

« Confesserò francamente, aggiunse il signor Valbrun, ripigliando il filo del suo discorso, che quel mistero stuzzicava la mia curiosità; ma che ragion principale delle mie interrogazioni era un sentimento d'umanità, mosso da certa voce interna che pareva mi dicesse: Il cielo forse vuol servirsi di te per liberare il povero Antonio dalle sue angustie, le quali, come venni in progresso a conoscere, erano assai più desolanti ch'io non m'era immaginato.

« All'ultimo, per fortunata combinazione, venni a capo d'appagare il mio desiderio. Battista, già da qualche tempo noiato della vita vagabonda che conduceva, pensò d'impiegare gli sparagni fatti nella compera d'una casetta con giardino, e darsi alla professione di giardiniere. Ora, a parer mio, una dell'opere più meritorie che far si possano è quella di assistere chi vuol ritirarsi da un genere di vita riprovato dalla religione e dalla morale, per ridursi a qualche altro mezzo più onesto ed onorato di procacciarsi con che vivere. Perciò promisi tosto a Battista di soccorrerlo in tutto che m'era possibile: colla quale offerta tanto lo prevenni in favor mio, ch'egli subito mi chiese un segreto abboccamento, concernente alcune notizie importanti assai sul conto del giovinetto Antonio.

« – Sappiate, signore, pres'egli quindi a dirmi, che già fino dai quindici anni io mi trovo nella compagnia Ghiberti. Vispo, allegro pronto sempre in ogni cosa, io feci rapidi progressi in ogni esercizio, tanto che di leggieri ho potuto superare tutti quei della compagnia.

Quindi fui sempre caro al capo, mi sono guadagnato de' buoni bezzi, ed ho saputo conservarmeli, mentre i miei camerati mangiavansi ogni frutto di loro fatiche appena se l'erano intascato. Ora poi trovansi essi nella miseria. Però, s'io da una parte guadagnava un po' di denaro, perdeva dall'altra que' principi di religione che i miei genitori m'avevano insegnato; poiché dovete sapere che il signor Ghiberti non tien in nessun conto la religione, né vuol che n'abbiano i suoi dipendenti. Vivendo con lui, ho dunque corso il mondo, non recitando mai preghiera, non entrando mai in veruna chiesa, mentre i poveri miei genitori tanto m'avevano raccomandato questi santi doveri. E certamente, se non era una grave malattia, che m'assalì or fanno circa sei mesi, io mi sarei ancora quell'ostinato peccatore ch'era per lo innanzi. In quel tempo in cui ho dovuto rimanere inchiodato in letto, gravemente afflitto da febbre e da dolori, ho pensato seriamente a' casi miei, ho conosciuto la vanità di quegli applausi del circo, la stolidezza del mettere ogni giorno a grave rischio la vita per piacere alla moltitudine, e mi proposi di mutar vita. Nell'angustia però, nell'affanno onde mi sentii oppresso, pregai un cameriere dell'albergo, dove mi aveva lasciato partendo il mio padrone, che andasse a raccercar il curato di quel villaggio, od un suo coadiutore, perché venisse ad assistermi.

« Appena che quell'uomo s'era mosso per compiacermi, mi pentii d'avergli dato quell'incarico, sentendo sorgere in me un timor invincibile d'essere dall'uom di Dio riprovato per le tante e tante passate mie colpe. Parevami già d'udir rintronarmi nell'orecchio la tremenda sentenza: Va' all'inferno!...

« Crebbe così maggiormente la febbre: onde i miei ospiti fecero vegliare un domestico al mio capezzale, per timore che, nel mio delirio, non tentassi di gettarmi giù dal letto o dalla finestra.

« Pochi momenti dopo, con subitaneo mio spavento, veggo entrar un prete, ed accostarsi al mio letto. Però, come ne udii la voce e le dolci preghiere che andava recitando, presi animo, e, senz'accorgermi, sciolsi il labbro ad accompagnarne le preghiere.

« Poco dopo, egli si pose a sedermisi vicino, e m'invitò a confessarmi. Com'ebbi ciò fatto, egli mi fece una sì calda e commovente esortazione a perseverare nel pentimento, nelle buone risoluzioni, ed innalzò al Signore una sì bella preghiera, ch'io, commosso nel profondo dell'animo, proruppi in lagrime, e piansi come un fanciullo.

« Anche adesso mi ricordo di quella per me tremenda e salutare giornata, e di tutte le circostanze anche più minute; né mai potrò certo dimenticarmene.

« Quando poi il buon pastore ebbe udito com'io m'accusassi con vivissimo rimorso d'ogni mio mancamento, e mi riconoscessi indegno di perdono, s'affrettò a confortarmi, ed a rimproverarmi siccome privo di fiducia nella misericordia di Dio, che è infinita, come infiniti sono i meriti del nostro divin Salvatore, pei quali soltanto noi possiamo ottenere il perdono de' nostri, anche più enormi, falli commessi.

« Quel degno sacerdote mi fece quindi le più affettuose e persuadenti esortazioni ad abbandonare un genere di vita così pericoloso e per l'anima e pel corpo. M'aggiunse poscia raccomandazione di consultarmi con qualche persona proba ed illuminata, intorno al segreto di cui voglio farvi parola.

« Da quel tempo in poi ebbi sempre vivo desiderio di recarmi in chiesa agli uffici divini, ma ogni tratto aveva un ostacolo da vincere, tanto più che il giorno della nostra prima rappresentazione in questa città, il signor Ghiberti ha voluto ammazzar sotto i colpi il nostro Antonio, solo perché, come il poveretto francamente ha confessato, s'era alquanto trattenuto in chiesa.

« Il venerabile sacerdote m'aveva però detto che dovessi chiuder l'orecchio a qualsivoglia altra considerazione, ed adempiere a' miei primi doveri, quelli di cristiano. M'aggiunse di più, che pregassi pel mio padrone, perché presto avesse a ravvedersi e mettersi sulla buona via.

« Sebbene mi piacessero e m'andassero al cuore le sante insinuazioni di quell'uomo dabbene, pure io era allora ben lontano dal poterle apprezzare con aggiustezza. Sentiva in me certo vivo dispetto per la vita sbrigliata che aveva fin allora condotto, e mi sembrava impossibile che Iddio potesse amar un tristaccio com'io conosceva d'essere. In ogni modo però mi diedi a sdebitarmi, con zelo e costanza, de' miei doveri religiosi, per lo che appunto sorse la lite che fu cagione ch'io chiedessi il mio congedo.

« Or ora vengo a narrarvi il segreto di cui vi ho parlato.

« Qualche anni sono, la nostra compagnia fece un giro in Italia, e si spinse fino a Napoli, cavando largo profitto dalle rappresentazioni, che piacevano assai al pubblico di quella città. Nel ritorno, ci fermammo per lungo tempo a Firenze. Or durante quel nostro soggiorno, il direttore ci condusse a casa una sera un bellissimo ragazzo: era Antonio, ch'ei ci presentò siccome nuovo allievo. Non ci disse onde quel ragazzo venisse, né chi gliel'avesse affidato, ma solo che doveva iniziarsi alla nostra professione. Sulle prime fu trattato con ogni riguardo, né lo si lasciava mancar di nulla, er'anzi ammesso alla tavola del direttore. Per qualche tempo ci faceva stupore il vedere come quel fanciullo si tenesse guardato a vista nella casa, con qualche giocatolo, e come il signor Ghiberti lo custodisse con certa inquietezza, sicché pareva temesse di perderlo ad ogni momento. Ma, usciti che fummo d'Italia, la condizione d'Antonio cangiossi interamente, facendosi ogni dì peggiore. Sommesso ai più aspri e difficili esercizi della nostra professione, flagellato collo scudiscio al più leggier fallo, allontanato dalle chiese, quel povero ragazzo ci faceva pietà. Se fosse stato in poter nostro il salvarlo, l'avremmo fatto, ma non potevamo far altro per lui ch'esortarlo a piegarsi ai voleri del padrone.

« Un giorno credemmo che il signor Ghiberti volesse proprio ammazzarlo. E indovinate mo' perché? Perché gli trovo in tasca una corona, che quel poveretto religiosamente custodiva, tenendola celata ad ognuno, e ch'eragli stata data, con pia benedizione, da un buon frate.

« Però un difensore trovò tosto il nostro Antonio nella moglie stessa del direttore, la quale ogni tratto si interponeva, affrontando la collera del marito. Una volta, mentre per caso recavami dal signor Ghiberti per riceverne gli ordini, udii parlare in certo modo sì misterioso intorno a quel fanciullo, che risolsi di venir in chiaro del come quegli fosse stato condotto fra noi.

Ebbi dunque ricorso alla Rosalia, cameriera della signora Ghiberti, donna ciarliera, da cui confidava, mediante promessa di non dir niente a nessuno, cavare ogni cosa.

« Or bene, sappiate, o signore, che Antonio è un ragazzo assai disgraziato. Dalle rivelazioni di Rosalia venni a sapere che esso viveva sotto tutela d'uno zio cattivo, empio ed avaro, il quale, mentr'era mercante di tele in Firenze, vendette formalmente il ragazzo al signor Ghiberti, mio padrone. Può supporsi che cotesto malvagio tutore abbia sparso la voce che il nipote sia scappato di casa per brama di correre il mondo, altrimenti la giustizia avrebbe, conoscendo il fatto, punita quell'iniqua azione. Ed ecco perché il signor Ghiberti finché fummo in Firenze, tenne accuratamente custodito il ragazzo, mentre poi, come fummo sulle terre di Germania, ed il fanciullo fu cresciuto in età, questi dovette soggiacere ad ogni più dura fatica. Più volte mi sovviene di aver udito quel povero ragazzo, cui il padrone aveva proibito parlar il linguaggio materno, cantar con voce soavissima, quando credevasi solo, un inno santo: – *Salve, regina, madre di misericordia, dolcezza di nostra vita!* Talora, siccome il signor Ghiberti, sulle prime, gli aveva promesso che, dopo l'alunnato, lo avrebbe ricondotto in seno alla sua famiglia, sfidando anche le minacce e le percosse, prorompe in lagrime, ed esclama: – O mio padre, o mia buona madre, perché non venite a salvarmi?

« Quando gli si rammenta il suo bel paese natio, egli s'accende d'un vivo entusiasmo, e ripete cento e cento volte ch'esso è più bello della Germania, perché vi fa più caldo e gli alberi sono carichi di limoni e d'aranci ».

CAPITOLO III

Una visione consolatrice

Cotale fu il racconto di Battista.

« Dopo questa conversazione, continuò il signor Valbrun, rientrai in casa preoccupato da gravi pensieri, né potei per quella notte pigliar sonno, sempre pensando a trovar qualche modo di salvare il povero Antonio. Tuttavia, per riflettere e propormi partiti ch'io facessi, non venni mai a capo di scoprirne pur uno che fosse veramente accomodato al caso, poiché Battista m'aveva raccomandato di risparmiare più che poteva il suo padrone, e soprattutto di non citarlo innanzi ai tribunali. Per altra parte credetti dover mio di usare certi riguardi al signor Ghiberti, il quale, per le sue lettere di raccomandazione, era in certo qual modo affidato alla mia protezione.

« Assistendo ancora ad una rappresentazione della compagnia, provai un certo stringimento di cuore vedendo comparir Antonio, il quale, al solito, fu accolto da vivissimi applausi. Antonio in quell'occasione mostrossi per l'ultima volta. Quindi, come i suoi compagni, per la prossima partenza, si furon dati a fare i preparativi di viaggio, pregai il direttore che lasciasse venir da me a cena il giovinetto Antonio, ma n'ebbi un rifiuto; adducendomi quell'uom duro che Antonio aveva molto da fare né poteva assentarsi dalla compagnia.

« In ogni modo però io voleva parlare ad Antonio, onde, recatomi nella corte del locale dove il Ghiberti alloggiava, trovai quel misero ragazzo intento alla cura dei cavalli nella scuderia. Cantava egli una pietosa arietta per distrarsi. Interrogatolo sull'origine sua, sulla sua famiglia, ei seppe sulle prime eludere le mie dimande con prudenti risposte; ma come poi, strettagli affettuosamente la mano, gli ebbi richiesto: – Dimmi, Antonio, non ti piacerebbe riveder l'Italia? ei mi rivolse uno sguardo pien di fuoco, e mi rispose, profondamente sospirando: – Il mio padrone non me lo permetterebbe mai... Ma non importa, aggiunse quindi, con certo tuono d'intima persuasione, un giorno rivedrò il mio bel paese! Oh! sì, lo voglio rivedere, e confido che lo rivedrò... L'arrivo quindi di un'altra persona interruppe il nostro abboccamento.

« Le ultime parole d'Antonio mi avevano fatto meravigliare, né sapeva comprenderle: chiestone conto a Battista, mi disse che il ragazzo aveva pochi dì prima avuto in sogno una visione: ch'eragli apparsa la Vergine, nel più bell'aspetto, tanto bella che nulla le si poteva paragonare di ciò che vedesi in terra, e che gli aveva parlato con una grazia celeste dicendogli: – Antonio, povero Antonio, consolati che rivedrai l'Italia: là potrai pregare Iddio in santa pace. Aggiunse Battista, che quella visione aveva tanto rianimato il povero giovinetto, che, per l'allegria, dimentico de' suoi mali, canterellava tutto il giorno ».

CAPITOLO IV

La fuga

L'ambulante compagnia all'ultimo partì, senza che il signor Valbrun avesse ancora potuto far cosa alcuna per liberare Antonio. Il signor Ghiberti s'era recato nella capitale, dove sperava fare larghi guadagni durante il verno, stagione in cui trovansi, nelle città, raccolti i più distinti personaggi.

Battista rimase solo nella cittadella, dove era accasato il signor Valbrun, per cui mezzo quegli, e per la protezione acquistata d'alti signori, poté aprire una buona bottega di caffè, e condurre agiatamente i suoi affari.

Dalla capitale intanto il signor Ghiberti scriveva lettera di ringraziamento al signor Valbrun per l'ottimo consiglio datogli di recarsi colà, dove aveva ogni sera numerosissimo e scelto concorso di spettatori. Poco dopo però ebbe a soffrir ivi grave sciagura, ché il circo, entro cui dava gli spettacoli, di mezzanotte s'incendiò; e tanto rapidi furono i guasti delle fiamme, che, in brevi momenti, tutto l'edifizio, tranne le scuderie, cadde sfasciato e ridotto in cenere. Altro non fu salvo in quella sciagura, se non i cavalli, de' quali però i tre migliori perirono, da travi accesi miseramente schiacciati.

Quattro giorni dopo quell'incendio, il signor Ghiberti fu colpito da un'altra disgrazia: il banchiere d'Amburgo, cui aveva affidato le sue sostanze, era fallito. Ora, assalito pressoché in pari tempo da que' due colpi tremendi, cadde in accessi di rabbia, e smarrì la ragione; né più la riebbe, se non pochi istanti prima di morire. Spirava egli in fatti non molti giorni dopo quelle sciagure, confortato dalla moglie, la quale n'aveva sempre pazientemente sopportato i modi capricciosi e brutali, ed alla quale or egli, finalmente ravveduto, diceva: – Pur troppo ho meritato questa mia misera fine! »

Quella donna, dopo la morte del marito, ripatriò, tornandosene ad Amburgo. Antonio poi, benché di mala voglia, si vide pel momento soggetto ancora a padrone, il quale non era, è vero, empio e crudele siccome il Ghiberti, ma di lui non era meno brutale e rozzo. Sulle prime dunque, vedutosi trattato meno male, prese coraggio, e cominciò a nutrire speranza di liberarsi.

Per raggiungere questo scopo aveva bisogno di tempo e di pazienza; ma circostanze imprevedute diedero spinta a quel suo proposito, sicché tosto mandollo ad effetto. Avendo il nuovo direttore, detto Lamourue, notato in Antonio certa ritrosia ad affezionarsi a lui, dubitò che non volesse abbandonarlo, onde, per ritenerlo, ebbe, come il Ghiberti, ricorso all'astuzia. Antonio però, ch'era già stato ingannato una volta, non lasciossi pigliar la seconda, ché, accortosi avere il capo dato ordine di partire per siti nuovi, temendo non si volesse metterlo alle strette o maltrattarlo per indurlo all'obbedienza più passiva, un buon mattino, sull'albeggiare, sparve. Lamourue, che recavasi a destarlo per la partenza della compagnia intera, ne trovò vuoto il letto e tiepide ancora le coltri.

CAPITOLO V

Due cuori generosi

Alcuni giorni dopo, Battista seppe dal suo corrispondente l'evasione di Antonio e tutti i particolari di quell'avventura. Cotesta notizia, trasmessa subito al signor Valbrun, fecegli stupore molto, e rese inquieto il buon negoziante. Che sarebbe avvenuto di quel giovinetto, privo di soccorsi, di consigli, e ramingo pel mondo senza denaro, senza mezzi, ignaro dei paesi pei quali s'aggirava, bramoso di tornare alla terra natia, di cui non saprebbe discernere la via, ed ove troverebbe forse la sua famiglia estinta o dispersa? Senza dubbio, pensava ancora l'ottimo Valbrun, il povero Antonio s'esporrebbe a perire in via, od a smarrirsi ne' monti, sepolto tra le nevi, ché già il verno s'accostava, ed il passo dell'Alpi facevasi più arduo e pericoloso.

Carlo, presente a quelle riflessioni, che con viva premura faceva il padre suo, abbottonandosi con impeto il suo soprabito, esclamava:

– Se mi lasci fare, papà mio, corro subito a cercar d'Antonio ed a condurtelo.

– Rifletti ch'egli è partito già da otto giorni.

– Oh! non fa caso; tu sai quant'io so correre velocemente. In breve lo raggiungo.

– E quale strada prenderai?

– Quella d'Italia.

– Ma si può andarvi per molte parti.

– Ah! sì ch'è vero!... ebbene, l'aspetterò in Italia, e quando vi arriverà...

– Ma, ti dimentichi forse che l'Italia è un ampio paese dove non si può trovar una persona così agevolmente come in una camera?

– Ne chiederò contezza.

– A chi? e come?

– A tutti, e richiederò d'Antonio, del piccolo cavallerizzo ch'è stato tanto applaudito nella nostra città.

– Eh! tu dunque t'imagini che s'abbia a sapere in Italia che v'è stato in Germania un piccolo cavallerizzo italiano, il quale s'è fatto ammirare?

– Ma, essendo egli italiano!...

– E tu, che sei tedesco, conosci forse tutti i Tedeschi? »

Carlo, sempre pronto a decidersi prima d'aver ponderato gl'inconvenienti, non aveva preveduto quelle difficoltà. Richiuse dunque l'uscio su cui s'era posto, slacciossi di nuovo il soprabito, e si lasciò cadere mesto e abbattuto sopra una sedia.

– Vedi mo', caro figliuolo, dissegli allora il genitore, quanti siano i pericoli della storditezza e della precipitazione? Se t'avessi lasciato far a tuo modo, saresti partito per un viaggio di più centinaia di leghe, senza un soldo in tasca, senza dire addio a tua madre, a tua sorella, ignaro del sito dove credevi recarti, non raccomandato nemmanco alla protezione divina. Senza dubio, lodevole è l'intenzione tua, movendoti in soccorso del tuo prossimo; ma, così facendo, no l'avresti salvato, ed avresti perduto anche te stesso, non consultando la ragione che Dio t'ha dato per guidarti, siccome lume e scorta sicura.

« So bene che, in età più matura, non cadresti in siffatte aberrazioni; ma pur troppo ogni età va soggetta ai propri errori; perciò conviene usar sempre della prudenza, o consultar persone illuminate e probe, che diano que' suggerimenti i quali giovino a fare una buona scelta nelle dubbie circostanze che ci si presentano nella vita ».

Carlo aveva attentamente ascoltato le savie rimostranze del genitore, e proponevasi di metterle a frutto. Quindi soggiungeva:

– Quanto mi fa compassione quel povero Antonio! Eppure egli ha fatto bene a fuggire; se fossi stato io in lui, non avrei aspettato sì tardi.

– Or vedi, mio caro; intanto che formi in cuor tuo la savia risoluzione di emendarti, ti abbandoni di nuovo alle tue avventatezze. Antonio, fuggendo, s'espone a morir di fame o di stenti, sotto le nevi o tra le mani de' malfattori. E chi sa che non abbia egli a rimpiangere le durezze del signor Ghiberti? Può trovare fra monti degli orsi o de' lupi affamati, che lo divorino; può cader entro precipizi, e finir male, sfornito d'ogni umana consolazione e soccorso.

« Eccoti, figlio mio, a quali rischi s'esponga ne' paesi poco abitati un ragazzo; né meno gravi sono quelli cui correrebbe in braccio ne' paesi popolosi. Ivi ognun vive de' suoi averi o delle sue fatiche, onde un ragazzo che non conosca veruna professione non può trovar mezzi di sussistenza. Si vedrà scacciato siccome vagabondo, messo forse in prigione dalla polizia per consegnarlo quindi a coloro da cui è fuggito. Però questo non sarebbe ancora il mal maggiore, mentre potrebbe dar nell'unghie di quei malvagi, indegni del nome d'uomini, i quali, pur troppo frequenti nelle città popolose, corrompono e pervertiscono que' fanciulli, che veggono abbandonati a sé, o raminghi. Costoro son peggiori delle bestie feroci, perocché quelle n'ucciderebbero il corpo, essi invece n'uccidono l'anima, inducendola al peccato, all'aborrimento d'ogni lume di religione e di probità.

« Ah! sì, pur troppo la più parte de' malfattori, contro cui la giustizia inveisce, erano da principio ragazzi indocili, spensierati, irreligiosi, che si posero sulla via della perdizione, fuggendo dai loro genitori e dai loro padroni. Cotesti esempli dovrebbero far tremare que' sciagurati fanciulli che accogliessero della fuga anche il solo pensiero.

– Ma, padre mio, e quando il padrone è ingiusto e cattivo?

– Non ispetta al ragazzo, ma bensì a' genitori di lui il giudicare della condotta di cotesto padrone. Ed i genitori, che amano sempre i loro figliuoli, s'affrettano a provvedere.

– E se al fanciullo sono morti i genitori?

– In tal caso deve rassegnarsi alla volontà di Dio, supplicarlo ogni giorno che ne sostenga il coraggio e ne renda migliore il padrone. Deve inoltre, e sarebbe ottima cosa per lui, con assidui sforzi di dolcezza, di applicazione e d'obbedienza, studiare i modi di procacciarsi l'affetto di colui che gli tien luogo di genitore. Questo sarebbe un vero trionfo della virtù sulla rozzezza e sulla brutalità.

– Sì, è vero, padre mio; ma Antonio non ha potuto ottener niente colla dolcezza; non è stato messo in mano di quel cattivo signor Ghiberti né dal genitore né dalla genitrice, ma dal tristo tutore, il quale, contro la volontà del padre e della madre del ragazzo, l'ha venduto a cotesto uom duro, il quale gl'impediva anche di adempiere a' suoi doveri di buon cristiano. E poi la vedova del signor Ghiberti lo voleva ancora assoggettare ad un capo, che l'avrebbe al certo reso ancora infelice.

– Ecco la sola ragione, o figlio, per cui non oso biasimare Antonio. I nostri doveri verso Dio vanno anteposti ad ogni altro rispetto. Mi sarebbe stato assai caro che questo povero figliuolo avesse rivolto i passi verso la nostra città, che l'avrei di tutto cuore assistito e protetto. Ora come seguirne le tracce! Egli arde del giusto desiderio di rivedere la sua patria: converrebbe dunque prender voce in Italia. Ma, e chi può mai sapere se vi potrà giungere sano e salvo? Ad ogni modo spero che la bontà di Dio verrà in nostro soccorso ».

CAPITOLO VI

I Zingari

Il Lamourue e la Ghiberti erano ben lontani dal supporre in Antonio tanto coraggio, d'esporsi deliberatamente a tutti i pericoli d'una fuga in paese straniero; diversamente avrebbero adoperato con maggior circospezione. Ma la Provvidenza divina volle ch'entrambi, senz'accorgersene, accelerassero la liberazione di quel poveretto.

Sentendosi con piglio freddo ed assoluto intimare dalla Ghiberti che si acconciasse a stare col nuovo capo de' cavallerizzi, Antonio aveva colle lagrime agli occhi supplicato questa sua padrona, cui era sempre stato docile ed ufficioso, perché lo ritenesse presso di lei in qualità di domestico fedele. Costei, indotta forse da urgente bisogno di denaro, cui il Lamourue prometteva somministrarle, purché le cedesse Antonio, non s'era lasciata smovere, ed era rimasta freddamente contegnosa, rispondendogli che assolutamente si piegasse, e ch'egli, non essendo atto ad altra professione, avrebbe dovuto fare per tutta la vita quella del cavallerizzo.

Come Antonio ebbe udito quest'ultima intimazione, gettò un grido di dolore, si nascose il volto, e risolvette liberarsi ad ogni costo.

Or come Lamourue, munitosi di passaporto per sé e pel ragazzo, sotto pretesto di fare una gita oltre il confine, ebbe fatto ogni preparativo per la partenza e n'ebbe avvertito Antonio, questi si convinse ancor più che colui la faceva già da padrone, e voleva trascinarlo, malgrado suo, colla compagnia.

Ora, come fu giunto il dì stabilito, Antonio si levò innanzi l'alba, e si vestì lestamente. Col cuore che batteva con gran rapidità, egli entrò pian piano nel giardino attiguo alla casa, arrampicossi sulle spalliere, e, spiccato un salto, si trovò sulla strada pubblica in piena libertà. Dovette però fermarsi nella città, finché ne fossero aperte le porte, onde, per essere meno osservato, si ritirò in una parte rimota ed assai lontana dal suo albergo. Poco dopo scorse una chiesuola, a cui da lato era una nicchia con una statua della Vergine appié della croce. A quella vista, Antonio gettossi ginocchioni e pregò la santa Consolatrice degli afflitti che intercedesse per lui, onde potesse rivedere la patria diletta, e non avesse mai più ad essere obbligato di ripigliare quella sua cattiva professione.

Dopo quella fervida preghiera, Antonio provò un nuovo sentimento di coraggio e di fiducia, che lo rincorò tutto. Si spinse dunque alacremente fuori della città, e pareva che divorasse la via; non trascurava però il riguardo d'evitare le strade maestre, potendo accadere che alcuno fosse mandato ad inseguirlo. Passò la prima sera in casa d'un buon contadino caritatevole, che gli diede ricovero e cena. Il dì appresso ripigliò il viaggio, onde trovossi oltre il confine ed al sicuro da ogni persecuzione. Avea sempre cura, il buon figliuolo, di tener da conto il poco denaro che possedeva, per conservarlo nei casi estremi.

Passando un giorno dinanzi alla chiesa d'un villaggio, v'entrò a sentire la santa Messa. Ivi pregò l'Onnipotente che gli perdonasse ogni sua passata colpa, che lo proteggesse nel difficile viaggio, e lo guidasse felicemente fino alla patria, salvandolo dalle trame de' malvagi:

– Mio buon Dio, esclamava quindi, voi siete il mio solo protettore, l'unica mia speranza, onde m'affido interamente a voi. Degnatevi, Signore, dirigere i miei passi e condurmi tra le braccia de' miei genitori, se pur sono ancor vivi. Voi avete guidato gli Ebrei pel deserto alla Terra Promessa, fecendoli precedere da una colonna di fuoco durante la notte, e coprendoli con una nube durante il giorno, per preservarli in quell'aspro cammino. Nulla è impossibile a voi; la vostra bontà si degnerà soccorrere alla miseria d'un poveretto che a voi solo ricorre ».

La prima parte del viaggio d'Antonio fu piuttosto piacevole, traversando egli paesi ameni, praterie smaltate di fiori, colline ridenti. Spesso s'incontrava in persone che il richiedevano chi fosse, dove andasse, e perché si trovasse solo in que' luoghi. Cui egli, senza menomamente offendere la verità, rispondeva ch'era italiano, e dalla Germania ritornava in patria, poiché era morto il capo de' cavallerizzi presso cui si trovava. Talora vedevasi costretto a ricorrere alla carità de' viandanti, e di rado gli fu negata qualche tenue moneta; meglio però egli trovava ne' conventi, che incontrava sul suo cammino, ogni sorta di soccorsi, e soprattutto un nutrimento sano e succoso per ripigliar lena e compiere il suo pellegrinaggio. Evitava accuratamente le città, trovandosi sfornito di quelle carte di passaporto che l'autorità saviamente esige per tener lontani i vagabondi.

Tuttavia presto se gli fecero incontro l'alte rupi e l'eccelse montagne della Svizzera, tra mezzo a nude balze, a profonde valli, a romoreggianti cascate. Sovente, salito su qualche erto e dirupato monte, trovossi in mezzo ad orribili deserti, ove non udivasi che il monotono rimbombo di qualche grosso torrente che rovesciava le sue acque dall'alto di una rupe, e le sinistre strida dell'avvoltoio dell'Alpi, ripetute dagli echi de' monti vicini. Quivi la sua vista invano si aggirava per rintracciare qualche abitazione, qualche nido ospitale. Dappertutto monti e rupi e torrenti ed aspra e selvaggia natura. Or Antonio, ch'era avvezzo al brulichio, al vivace rumore delle città popolose, si sentì stringere il cuore da quella solitudine squallida, ed ebbe timore. In breve poi smarrì la via, onde, vedendo che già stava per calare la notte, e s'addensava un temporale minaccioso, si diede a correre a precipizio per ricoverarsi in qualche sito, entro cui potesse passare la notte. In mezzo alla sinistra luce de' lampi, il poveretto rinvenne alfine una cavità entro una rupe, capace di tenerlo al coperto dai rovesci d'acqua ch'erano imminenti. Con sua gioia, appena s'era ricoverato in quella spelonca, vide un sentiero battuto, che davagli speranza di condurlo ad un villaggio, od almeno a qualche abituro. Intanto ei s'era sdraiato sulla nuda terra entro quell'unico rifugio che pel momento la bontà di Dio gli avea fatto trovare, ed ivi, non ostante il fracasso spaventevole della bufera, de' tuoni e de' fulmini, s'addormentò sì profondamente, che non si risvegliò se non quando già s'era il temporale calmato, ed il cielo, sgombro di nubi, era rischiarato dall'argentina luce della luna. Antonio si credette allora solo affatto nell'universo, siccome Adamo allorquando era uscito dalle mani dell'Eterno, tanto profondo era il silenzio che regnava intorno a lui, in mezzo a quelle solitarie scene della natura.

Mentre però egli stava meditando sulla propria situazione, udì accostarsi voci umane, e poco dopo vide comparire sul sentiero praticato una compagnia di figure sinistre, coperte di rozzi e laceri mantelli di lana, recanti pressoché tutte un fardelletto di cenci, e precedute da tre o quattro che, con torce accese, rischiaravano il cammino: erano costoro seguiti da un carro, dietro cui venivano tre bruttissimi ceffi di donna, che s'ingiuriavano tra loro acerbamente, caricandosi dei più enormi rimproveri. Dall'interno del carro udivansi strida e lamenti di ragazzi, che facevano pietà.

Antonio suppose che costoro fossero Zingari, mentre parevagli ravvisarli per tali agli abiti ed ai modi. Di siffatte truppe di vagabondi egli n'aveva incontrata qualcuna ne' suoi viaggi colla compagnia Ghiberti.

Antonio temeva, non a torto, che, se costoro venivano a scoprire il suo ritiro, l'avrebbero pigliato e condotto seco loro, costringendolo a far parte della loro compagnia. Or che restavagli? La fuga era impossibile, giacché il suo rifugio non dava accesso che al sentiero, od all'alto della rupe. Ora, sì nell'un sito che nell'altro, v'erano fermati alcuni Zingari, i quali, intenti com'erano ad accendere un gran fuoco ed a piantar le tende, mostravano intenzione di fermarsi la notte e fors'anco il dì seguente in quella stazione. Antonio dunque, non lasciandosi più sorprendere dal sonno, stava a bada, spiando un'occasione di sfuggire a quel nuovo pericolo.

Ora, stando in quelle angustie e sentendo potentemente gli stimoli della fame, vide la masnada accovacciarsi in terra e distribuirsi abbondanti cibi, che gli facevano gola. Poco dopo, quegli che pareva il capo, vedendo spegnersi quasi il falò che aveva acceso, mandò uno de' suoi a far legna appunto ne' macchioni che stavano all'ingresso della grotta in cui Antonio s'era rimpiattato. Questi allora, vedendosi perduto, ebbe ricorso ad uno di quegli spedienti cui sempre suggerisce la prontezza di spirito a chi n'è dotato; ed il poveretto pur troppo, a suo gran costo, avea dovuto arricchirsi de' trovati di siffatta dote alla scuola del signor Ghiberti. Presa una pietra focaia che seco s'aveva e l'acciarino, batté a colpi sì gagliardi e raddoppiati, che ne fece scaturire vivissime scintille.

A quell'improvvisa vista, a quello strano rumore, lo Zingaro diedesi a precipitosa fuga, spaventato dal fuoco, siccome belva feroce, ed urlando.

– Il diavolo! il diavolo! »

Tutta la banda allora fu colta da timor panico, e diede in grida ed in istrepito, onde Antonio, profittando del momento propizio, slanciossi fuggendo a precipizio verso il sentiero, e di là fino sopra un'erta opposta, in salvo affatto dalle persecuzioni di quella trista genia.

CAPITOLO VII

Il Romitaggio sull'Alpi

Appena videsi in salvo il giovane italiano, alzò al Cielo una breve, ma fervente preghiera, ringraziandolo che gli avesse suggerito il modo d'uscire dall'unghie di quella gente trista. Reso quindi più cauto, non diedesi altro pensiero che quello di non ismarrire il sentiero che solo potevalo condurre a qualche sito abitato. Discendendo, dopo qualche ora di cammino, in cui era angustiato dalla stanchezza, e più ancora dalla fame e dalla sete, venne a trovarsi in una valle amena e verdeggiante, dove, dopo qualche istante di posa, vide sorgere i primi getti di luce dell'aurora, e poco appresso comparire maestoso l'astro del giorno: mentre in lontano udivasi il corno del cacciatore dell'Alpi, ed il gratissimo suono d'una campanella, indicante esservi prossima qualche chiesuola e convento, in cui gli sarebbe concesso alcun cibo ristorativo e qualche ora di sicuro riposo.

Infatti, com'ebbe Antonio fatto tanto di cammino quanto farne si potrebbe in mezz'ora, videsi innanzi un romitaggio, su cui sorgeva quella campana, che ancor suonava a lieti rintocchi, quasi volesse salutare il suo arrivo in que' luoghi.

Con viva gioia il giovinetto s'accostava a quella tranquilla dimora, quando ne vide uscire un vecchio venerando, dalla barba lunga e candida siccome neve, e cinto di un grosso cordone alle reni, che stringeva una veste bruna intorno alla persona. Vedendo quel giovinetto, il veglio soffermossi pien di maraviglia:

– Qual motivo, gli disse, qua ti conduce, figliuol mio, questa mattina?

– Ah! padre reverendo, rispose Antonio, ho passato una notte terribile colassù, in mezzo alle rupi. Deh! abbiate pietà d'un giovane sfortunato, e concedetemi qualche momento di riposo nel vostro ritiro.

– Ben volentieri; ma prima ringraziamo Iddio del favore che ci concede con un mattino sì bello ».

Entrarono ambidue nella cappella, quindi, fatta una calda preghiera al Signore, s'avviarono al refettorio del romitaggio, dove il più vecchio pose innanzi ad Antonio un buon pane, una scodella di latte fresco e qualche frutto ristoratore.

Come il romito vide riavuto alquanto il giovinetto dallo sfinimento in cui erasi trovato per l'aspro cammino e per la fame, si fece narrare le avventure della scorsa notte, poscia soggiunse:

– Non potresti mai abbastanza ringraziar Iddio d'essere sfuggito a sì grave pericolo, ché già coteste bande di Zingari hanno assalito parecchi viaggiatori. L'agilità e la perizia tua nella professione di cavallerizzo t'avrebbe reso prezioso alla costoro professione di vagabondi e saltimbanchi; onde non t'avrebbero lasciato mai più agio a liberarti dalle loro mani. Ringrazia dunque di cuore Iddio del pericolo scansato, e pregalo che ti preservi dai gravi rischi, cui potresti andar incontro innanzi giungere alla diletta tua terra natia».

Ristorato ch'ebbe a maraviglia il giovanetto e co' cibi e col riposo, il pio veglio, essendosi accorto che Antonio ignorava la più parte delle verità di nostra fede, e non aveva altro che una pietà d'istinto e non illuminata, lo esortò a rimaner seco nell'eremo per alcun tempo; volendo impartirgli altro beneficio più grande che non quello di confortarne il corpo, quello cioè di rischiararne l'intelletto, e d'indirizzarne al suo meglio il cuore, già però inclinato al bene.

Il padre Francesco, che così chiamavasi quel venerando romito, diedesi dunque con viva premura ad istruire Antonio, il quale profittò sì bene delle savie lezioni che gli erano state date, che fece meravigliare il maestro, e lo rese contento; siccome contento è ogni buon contadino quando vede sorgere largo frutto dai semi alla terra accuratamente confidati..

In capo a quindici giorni, Antonio s'accommiatò dal buon padre Francesco, disegnando proseguire il suo cammino. Il romito l'accompagnò fin lungi molto dalla sua cella, indi, da lui separandosi,

– Figlio mio, gli disse, conservati sempre fedele a Gesù Cristo, nostro divin Salvatore: pregalo senza posa che ti protegga, e ti guidi sul retto sentiero della virtù. Ricevi la benedizione d'un povero vecchio, il quale unirà sempre alle tue le sue preghiere, perché tu possa essere sempre un buon figliuolo, un uomo dabbene e religioso. Addio, caro Antonio; la pace del Signore sia con te! »

Antonio si rimise in cammino, dolente d'essersi tolto alla cara compagnia dell'ottimo romito, che tanto paternamente l'aveva raccolto. Ripeteva, strada facendo, le savie ammonizioni che n'aveva ricevute, e segnatamente le nozioni sulle vie da prendersi per giungere in patria; e più alacre di tratto in tratto facevasi a raggiungere la meta degli ardenti suoi desideri.

Aveva anche ricevuto dal romito alcune lettere di raccomandazione per monasteri che incontrerebbe in via: queste gli giovarono assai, facendogli trovare in parecchi siti ottimo alloggio e cibi rifocillanti.

Così proseguiva il viaggio questo poveretto, con ferma rassegnazione incontrando tutti i disagi che da siffatte imprese sono inseparabili.

Intanto però, alle belle giornate di autunno vennero succedendo giorni più foschi, annebbiati, piovigginosi. Eppure conveniva che Antonio proseguisse il suo cammino colla massima celerità, ché i pochi denari ond'era provveduto erano pressoché tutti spesi.

Dopo alcuni giorni, era giunto appié dell'Alpi ultime che separano la Svizzera, paese ch'egli aveva fin qua percorso, dall'Italia, cui erano dirizzati i suoi passi.

Munitosi d'una fiaschetta di vino, d'un pane e d'un pezzo di carne, si pose arditamente a salire, fidandosi or più che mai alla protezione divina. Davagli anche sprone e fiducia il pensiero che in Italia, dove presto sarebbe giunto, l'inverno è assai men rigido ed incomodo che nella Svizzera e nella Germania.

La via facevasi sempre più ripida, ed il vento più gagliardo e freddo. Cadeva anche la neve in sì grosse falde, che in brevi istanti n'era tutto coperto il sentiero. Ond'ecco crescere gravemente le difficoltà ed i pericoli del viaggio.

Cancellate erano le tracce de' sentieri, aperti qua e là precipizi orrendi, che faceano raccapriccio al solo occhio risguardante, nessun segno più né di vegetazione né di umana dimora; solo segno di vita intorno il selvaggio stridere dell'aquila, ed il monotono cadere delle valanghe appié de' monti, ed in fondo ai neri abissi.

In quella spaventosa situazione, Antonio sentì smarrirsi nuovamente il coraggio, ed ebbe ricorso alla preghiera, siccome all'unico, ed al più saldo a un tempo, conforto che gli rimaneva.

D'improvviso, giunto di contro ad un orrendo precipizio, vide sull'orlo una croce di sasso, coperta di muschio, su cui lesse questa iscrizione:

QUI
GUIDO TAULER,
NEGOZIANTE DI BRAGANZA,
ACCECATO DA UN TURBINE DI NEVE,
CADDE IN QUESTO PRECIPIZIO
E VI PERÌ,
IL XX FEBBRAIO MDCCCII.
Dio gli conceda un giorno
il beato risorgimento!

QUESTO MONUMENTO
È STATO ERETTO ALLA SUA MEMORIA
DALL'AMICO E COMPATRIOTA
PIETRO WIRTH,
NEGOZIANTE IN BRAGANZA
O viatore, prega pel riposo dell'anima
di questo infelice.

Antonio non mancò di piegarsi a quel pio voto, poi fecesi a continuare il suo cammino, in mezzo ad ostacoli e pericoli che facevansi di tratto in tratto più giganteschi.

Raddoppiando però di zelo e di fiducia in Dio, dopo infiniti patimenti, sicché ormai il fragile suo corpo più non poteva reggere a tanti stenti, giunse ad una spaccatura di masso, la cui parte superiore, spingendosi largamente innanzi, difendeva la cavità dalla neve sempre più cadente a grosse falde. Quivi, prima di abbandonarsi al sonno, che poteva essere per lui l'estremo, ebbe la precauzione di levarsi la grossa corda che gli cingeva le reni e d'annodarla al bastone. Ciò fatto, studiossi conficcare in alto quella specie di vessillo della sventura, entro una fessura della rupe, onde fosse visibile più in lontano che si potesse.

E subito dopo, raccomandandosi nuovamente al Signore, s'addormentò oppresso dalla fatica e dalla fame.

CAPITOLO OTTAVO

Il monte San Bernardo

Durante la notte, cadde ancora gran copia di neve, la quale, spinta dal vento, ammucchiossi nella grotta, tanto da seppellirne quasi Antonio. Egli nullostante non risvegliossi, ed il sonno che la bontà di Dio gli aveva inviato, prolungossi fino al giorno seguente. Anzi, mentre ancora trovavasi in quello stato ch'è incerto tra il sonno e la veglia, sentissi tirare pel lembo dell'abito. Spalancando allora gli occhi, videsi dinanzi un cane di enorme grandezza, il quale, vedendolo svegliato, gli lambiva le mani ed il viso. Quell'apparizione fu per Antonio siccome la vista d'un liberatore, giacché tosto pensò che il cane non poteva esser solo e che presto avrebbe ricevuto i necessari soccorsi.

– Dio ha esaudito la mia preghiera, diss'egli tra sé, ed ebbe pietà della mia sventurata situazione ».

Il cane però corse via d'improvviso, ritornò quindi ben presto, poi di nuovo scomparve, finché all'ingresso della grotta mostrossi un uomo, coperto d'abito nero. Era un religioso, il quale accostandosi con insinuante affabilità, offrì al ragazzo un po' di pane ed un bicchier di vino, che recava entro un canestro.

Questo buon padre era uno di que' venerandi monaci del monte San Bernardo, che sì generosamente si dedicano a beneficio dell'umanità.

Il monte San Bernardo, che separa la Svizzera dal Piemonte, è il più alto punto abitato d'Europa. L'ospizio, costrutto sulla più alta vetta, sorge 7732 piedi sopra il livello del mare. Vuolsi che questo monte ricevesse il nome da un signore savoiardo, detto Bernardo di Mouthon, il quale nacque nel 923 e morì nel 1008. Mosso a compassione delle fatiche e da' pericoli, cui s'esponevano i pellegrini di Francia e di Germania, che valicavano quel monte per recarsi a Roma a visitar le tombe de' santi Apostoli, questo pio personaggio convertì al cristianesimo gli abitanti ancora idolatri de' luoghi vicini, e sulle rovine de' monumenti del paganesimo, ch'ei fece abbattere, costrusse i due ospizi che, in onor suo, ricevettero il nome di Grande e Piccolo San Bernardo. Fecevi poi stanziare de' frati dell'Ordine di Sant'Agostino, i quali esercitassero verso i pellegrini ed i viandanti una cristiana ospitalità.

Emmanuele III, duca di Savoia, collocò, in luogo di que' buoni padri, alcuni ecclesiastici secolari, che ivi praticano la più fervida carità cristiana.

Intorno all'ospizio, ossia convento, regna un inverno quasi perpetuo. Non vi si vede albero, non cespuglio, non filo d'erba: dovunque invece si rizzano spaventose rupi e nevi colla loro bianchezza abbagliante.

Fa meraviglia che sianvi degli uomini, i quali abbiano fatto la risoluzione d'abitare un deserto sì freddo e sì pieno di squallore; né si può agevolmente credere che vi possano vivere.

Questi uomini venerabili percorrono a gran distanza la sommità della montagna, soprattutto durante i giorni di turbini, e quando la terra è coperta di nevi e di ghiacci, per discoprire i viandanti smarriti, aggelati dal freddo, sepolti sotto le nevi o caduti ne' precipizi. Quando ne trovano qualcuno, ciò che non avviene di rado. lo fanno rinvenire con alimenti e cordiali ristoratori, ravviano sul sentiero coloro che l'hanno smarrito e che possono continuarlo senza pericolo, e conducono all'ospizio coloro che sono bisognosi di soccorsi e di riposo, o si sono imbattuti in tempi disastrosi in cui le vie sono impraticabili. Essi poi sopportano ogni disagio, sorretti come sono da fervido amor di Dio, da carità instancabile, e da lunga pratica de' siti ed abitudine del rigido clima. A ogni modo, felici si reputerebbero, e giustamente, quando mai venissero a perire ne' precipizi che in gran numero s'incontrano ad ogni piè sospinto. Più felici però si stimano, quando vengono fortunatamente a capo di salvare qualche infelice da morte inevitabile.

Per meglio giovare all'umanità sofferente, accortisi che il loro zelo, sovente per umana fragilità, veniva meno, procacciaronsi valenti ausiliari. Addestrarono cani d'enorme grossezza, dotati di rara fedeltà ed intelligenza e di razza particolare alle Alpi, sicché li resero, per istinto, anch'essi benefattori dell'umanità.

Ogni volta che un religioso del San Bernardo comincia il suo giro, nella parte della montagna che deve esplorare e che gli è ben nota, avendola già le mille volte percorsa, si copre la testa col suo ampio cappuccio e le mani con grossi guanti, s'arma d'un bastone ferrato, la cui punta s'infigge nel ghiaccio anche il più duro.

Reca, sul braccio sinistro, un canestro contenente pane, vino ed una lunga corda. Conduce seco il cane, compagno abituale delle sue visite, il quale ha un campanello al colletto, onde, camminando, diffonde intorno un suono distinto e continuo: al colletto medesimo vien posto un anello, cui agevolmente potrebbesi attaccare una fiaschetta di vino ed un pane.

Oh! sublime davvero è lo spettacolo che ci offrono que' pii solitari, che fanno per l'umanità il più grande, il più generoso sacrificio, seppellendosi, lungi dal consorzio degli altri uomini, ne' più orribili siti della natura, per rendere benefici alla miseria umana, per fare meno insopportabili i disagi di quegli aspri viaggi, che paiono solamente accessibili alle aquile ed agli orsi.

E tu sola, o santa religione, sei capace d'ispirare sì generosi propositi, e sorreggere una virtù cotanto disinteressata!

Allorché nelle loro corse accade ai religiosi di vedere qualche tapino caduto entro qualche spaccatura di masso, entro qualche precipizio, onde non possa trarsi da sé solo a salvamento, essi gli gettano la corda, col cui appoggio riesca a salire l'erta e a trarsi in salvamento.

Se poi il viandante è sfinito dalla fame, e caduto pure in qualche abisso, talmente che la corda non arrivi sino a lui, i religiosi fanno discendere il fido cane, recante al colletto alimento e bevanda, onde l'infelice possa tosto ristorare alquanto le forze abbattute, poi farsi animo a trarsi fuori in sicuro.

Frate Lorenzo, che così chiamavasi quello che aveva salvato Antonio, vedendo che questi avea ripigliato vigore, gli disse:

– Affrettiamoci, ché temo un aumento di freddo. Siete troppo debole perché abbiate a rimettervi tosto in cammino. Appoggiatevi al mio braccio, e rechiamoci immediatamente all'ospizio ».

Antonio alzossi, e tenendo sempre per mano il buon religioso, s'avviò verso il convento, preceduto dal cane, il quale in certo modo scandagliava il terreno. Di tratto in tratto veniva a dare e ricevere qualche carezza, poi trottava innanzi, annasando sempre se mai poteva aver indizio di qualche altro infelice cui potesse salvare.

Antonio fu più volte sul punto di cadere, ma venne sempre sorretto dal buon Lorenzo, che ne osservava ogni più piccolo movimento.

Circ'a mezzo il cammino, ad un sito, dove il sentiero era rinchiuso fra un'erta ed inaccessibile rupe ed uno spaventoso precipizio, corsero entrambi il più grave pericolo. Il vento aveva da lungi sollevato un grosso cumulo di neve, ed avendolo aggirato a foggia di colonna, spingevalo rapidamente a sé dinanzi. Cotesta colonna, ingrossata da tutto che facevasi innanzi al suo passaggio, s'avanzava, siccome gigante sterminatore, contro i due pellegrini ed il povero cane, i quali parevano irreparabilmente perduti. La tromba, che così vien chiamato questo tremendo fenomeno, s'era formata a più leghe di lontananza, e nella sua corsa violenta aveva abbattuto capanne ed alberi di grosso fusto. Ora stava per piombare addosso ai nostri viaggiatori, senza ch'essi se n'avvedessero. Annunciavasi però con certo romor sordo, terribile, che fece fremer Antonio, bench'egli ignorasse qual pericolo gli sovrastasse. Anche il religioso non s'immaginava accidente sì grave; aspettavasi un turbine di que' consueti, e nulla più, onde preparavasi ad affrontarlo coll'ordinario coraggio e rassegnazione.

Il cane, meglio avvertito dall'istinto, soffermavasi ad ogni tratto inquieto per fiutare, teneva la testa bassa, le orecchie cascanti, e procedeva per balzi, quasi volesse invitare il religioso a fuggire. Pigliavalo pur dolcemente pel lembo dell'abito, ed adagiavasi a' suoi piedi, come se bramasse almeno trattenerlo.

Intanto il romore cresceva, ed Antonio, pallido per timore, tremante quasi da cadere, serravasi stretto al buon religioso, come un pulcino alla chioccia. Studiavasi leggere in quel volto venerabile, per ritrarne coraggio; ma invece della solita intrepidezza, vi scorgeva chiaramente la rassegnazione d'un santo che aspetta il martirio.

– Padre mio...» esclama; e più non può dire, soffocata dallo spavento la voce.

– Pregate, figlio mio, rispose il vecchio in tuono solenne, pregate e raccomandatevi alla misericordia di Dio, ché forse, tra momenti, dovremo comparire alla sua presenza. Ecco un turbine terribile! e non c'è il minimo ricovero! Queste rupi tremende ci tolgono ogni speranza! »

Proferendo queste brevi parole, tenendo sempre stretta la mano d'Antonio, fece coll'altra sua mano il segno della croce, e proseguì a capo chino i suoi passi. Intanto sopraggiungevano gagliardi soffi di vento, ripetuti di minuto in minuto, per cui il povero Antonio, mal sicuro già su quella lubrica via, sentivasi gettato or avanti or indietro, e sarebbe immancabilmente caduto nel precipizio se non l'avesse sorretto il pio Lorenzo.

Qualche istante dopo, il cane, che gli aveva preceduti d'un buon tratto sul sentiero, torna indietro a gran corsa, e, tirando il lembo della veste di Lorenzo, ed accovacciandosi nella neve, pare voglia indicargli che non si mova d'un passo; anzi, volendo dare maggior forza a quegli indizi, tien saldo il religioso, facendosi trascinar dietro.

In quel momento istesso, Lorenzo, che aveva fatto passare Antonio dal lato più sicuro, vide comparire, rapida come il fulmine, la terribil tromba. Ora, innanzi ch'egli avesse finito di gridare ad Antonio, *Pregate, ecco la morte*, la tromba stava loro sopra, ed un vento violentissimo, che traeva seco minutissime e fitte particelle di neve, li rovesciava in terra semivivi, accecati, li rotolava più volte sull'orlo del precipizio, da cui non erano ritratti se non dall'instancabile zelo del fido cane. Questi, tutto disteso in terra, dava poca presa al vento di spingerlo, mentr'egli intanto, puntando le zampe entro la neve, trovava negli strati più duri qualche appiglio, onde poteva co' denti tener indietro il padrone ed il giovinetto. Coraggiosamente così stette lottando per alcuni minuti, finché la Provvidenza divina sviò da loro quel tremendo inesorabile nemico. La tromba infatti, la quale s'era già diminuita di forza, e non avevali colpiti se non col lembo suo estremo, s'era dissipata entro l'abisso che loro stava da lato.

Fortunatamente il pericolo era stato più breve, che il tempo necessario a descriverlo. In pochi minuti era scomparso il turbine: tutto intorno era in perfetta calma.

Il cane quindi, lambendo ora le mani del pio solitario, or quelle d'Antonio, faceva ogni sforzo per destarli da quell'assopimento, in cui la tromba e la grave minaccia di morte avevali lasciati.

Pel primo il buon padre aprì gli occhi, e si vide salvo sull'orlo del precipizio, entro cui era già caduto il suo canestro. Rianimato tosto anche il giovanetto, sciolsero concordemente e per vivo impulso le labbra a ringraziare l'Eterno che si fosse degnato salvar loro la vita da pericolo cotanto inevitabile.

Poscia il pio Lorenzo fece riaver meglio le forze ad Antonio, con un po' di vino, che per buona sorte rimanevagli nella fiaschetta.

– Ah! padre mio, esclamava il povero giovanetto, quasi destandosi da un sonno tremendo, le cui spaventose immagini erano pressoché sparite dalla sua memoria. Padre mio, ditemi, che è mai quella colonna di neve che si slanciava contro di noi?

– Una tromba, figlio mio.

– Oh! la cosa tremenda ch'è mai! Accade essa di sovente in questi siti?

– Non tanto, figliuol mio caro, ma quando succede è fenomeno veramente spaventoso.

– Sono dunque sempre sì terribili queste trombe?

– Oh! sì, certamente.

– E voi avete coraggio d'uscire dal convento e d'esporvi a sì grave pericolo?

– È dover nostro: Iddio ha ricevuto il voto che ne abbiam fatto. Entrando in questo monastero abbiam promesso di soccorrere il nostro prossimo, e l'esempio tuo, buon figliuolo, ora ci ha mostrato che i nostri pericoli non sono inutili al mondo.

– Ah! buon padre, esclamò Antonio, abbracciando le ginocchia del pio Lorenzo, voi m'avete già due volte salvato la vita, ché senza di voi io periva nella grotta, senza di voi la tromba m'avrebbe ingoiato. Perché non posso rimunerarvi come vorrei? Poveretto, ora sento tutto il danno del non esser ricco. Ma tuttavia la mia gratitudine sarà salda e durerà finché avrò respiro.

– Caro figliuolo, non me devi ringraziare, ma il Signore, che ha salvato te e me in pari tempo; questo cane pure si merita la tua riconoscenza, ché ha fatto più di me per sottrarti alla morte. Ma questo cane non è altro che un mezzo di cui Iddio si serve per operare i suoi prodigi di bontà ».

Antonio accarezzava intanto il fido cane con una specie di ammirazione, poi seco si ripose in via, guidato dal buon padre, il quale facevagli studiare il passo, per timore che non si rinovasse il turbine. In capo a due ore, giunsero, senz'altro sinistro, al convento, dove tutti i buoni religiosi tributarono al giovane italiano ogni cura, ogni attenzione.

Que' pii solitari raccomandarono poi il giovinetto Antonio alla protezione di due viaggiatori ch'erano giunti innanzi a lui, perché il guidassero sano e salvo fino alle prime borgate d'Italia.

In tutti que' giorni che Antonio stette nell'ospizio, non poté mai saziarsi d'accarezzar il cane, cui andava debitore della vita. Or vedendo, il pio Lorenzo, che Antonio aveva tanta premura per quella bestia fedele, prese a dirgli:

– Sappi, caro figliuolo, che la madre di questo cane, la quale chiamavasi Sibilla, è morta pochi mesi fa, ed in modo assai deplorabile. Talora succede che, durante i più terribili turbini, i nostri cani vogliano uscir soli. Noi attacchiam loro al colletto una fiaschetta ed un pane, apriam loro la porta, e se ne vanno. Sibilla era la più intrepida e più sagace per quelle solitarie spedizioni. Se trovava qualche infelice, tosto se gli accostava, sicché quegli potesse agevolmente, ancorché stremo di forze, prendere e pane e vino, e così ristorarsi. Se non poteva giungere al sito dove qualche viandante, smarrito per disavventura, fosse caduto, tosto accorreva a noi, guidandoci al luogo dove c'era bisogno.

« Un giorno Sibilla, essendo uscita sola, vede un viaggiatore sepolto fino alle spalle nella neve, da cui non sapeva liberarsi. Corre tosto in suo soccorso, facendogli ogni dimostrazione di benevolenza. Ma per disavventura il viandante, ingannatosi in quel momento d'angustia, credendo che volesse assalirlo, arma la sua pistola e le tira un colpo mortale. Pochi momenti dopo giungono in quel sito alcuni de' nostri fratelli, e trovano la povera bestia che li riconosce e spira, dimenando ancora la sua coda in atto di sommessione e benevolenza.

« Quello tra i nostri confratelli, che l'aveva particolarmente in sua cura, non poté a meno di spargere una lagrima. Però diedesi tosto a liberar il viandante, e lo trasse fuori dal pericolo. Fattosi quindi ad osservare la ferita di Sibilla, sospirando disse:

– È morta, la povera bestia! Iddio ce ne conceda un'altra simile!

– E che! diedesi allora ad esclamare il viandante pieno di rammarico, era uno de' vostri cani?

– Sì, ed il migliore.

– Temetti che volesse divorarmi, onde...

– Veniva invece a soccorrervi.

– Povero me! Ed io ho avuto la sfortuna d'ucciderlo!

– Sareste stato la settantesima prima persona che avrebbe salvato.

– Ne ha dunque già salvate settanta?

– Sì, settanta: e chi sa quanti miseri ancora poteva salvare, senza questo fatale abbaglio. Povera mia Sibilla! Quanto bramerei poterti ridonare alla vita! quanta gratitudine meriti, e quanto desiderio di te ci lasci!

« Così venne a morte la nostra Sibilla, conchiudeva il pio religioso. Un viaggiatore svizzero, cui aveva essa salvato la vita, l'ha fatta imbalsamare e deporre nel museo di Berna ».

Antonio, giunto il momento di separarsi da quel vecchio venerabile che l'aveva salvato, sentissi commosso fino nel più profondo dell'anima, e si tolse da quell'asilo di sublime carità, lasciandovi mille benedizioni.

Messosi poscia in via co' nuovi compagni di viaggio, procedette alacremente, che coloro erano molto esperti del cammino. Dopo alcuni giorni, con gioia indicibile, vide, dall'ultimo poggio del San Bernardo, le belle contrade dell'Italia, che colle sue amene prospettive già consolava lo sguardo, stancato dal selvaggio aspetto delle montagne, coperte di neve, ed irte di ruvidi massi.

Già un'aria più mite facevasi sentire, quando la piccola compagnia giunse al piano. Antonio, separatosi allora da que' viaggiatori, ringraziolli benignamente perché l'avevano protetto, e solo, animoso, proseguì la sua pellegrinazione. Traversando le terre di Lombardia, ottenne agevolmente ed umanamente i più necessari soccorsi dai contadini, che in generale sono buoni e compassionevoli. Però, prima d'entrare nella bella città di Milano, in cui egli non contava fermarsi, fu sorpreso da gagliarda febbre, conseguenza funesta, ma pur naturale, de' tanti disagi che aveva patito. Ora, sentendosi il male, e bramando trovar ricovero alla campagna, in casa di qualche caritatevole persona, s'affrettò ad attraversare questa città, senza nemmeno poterne osservare le bellezze. Mentre poi stava già per uscire dalla Porta Romana, sulla linea appunto necessaria al suo viaggio, fu visto camminar frettoloso da un gendarme, il quale lo fece fermare e gli richiese il passaporto.

Antonio, che, come abbiamo già detto, non ne aveva, disse il suo nome, espose come si trovasse così isolato, e come volesse recarsi alla sua patria, presso Firenze, in cui sperava trovare i propri genitori ancora in vita.

Udita quella risposta, il gendarme vivamente proruppe:

– Oh! bravo! Cercava appunto la tua persona. Vieni con me! »

E subito piglia Antonio pel braccio e lo trae seco.

Il povero giovinetto, come caduto dalle nubi a quella intimazione, da lieto e coraggioso ch'era prima, si fece smorto, e rimase mutolo, avvilito.

Pensava quindi tra sé: – Ecco, dopo tante fatiche, tutto è perduto. Ora mi condurranno dal signor Lemourue, e dovrò forse soffrirne ancora i rabbuffi ed i castighi ».

Temeva d'essere caduto nelle mani di quell'uom brutale, e già parevagli di vederne i trasporti furibondi.

Il gendarme intanto lo condusse al circondario di Polizia, dove, interrogato di bel nuovo, fu chiuso in una cameretta, finché fosse chiamata la persona, per cui richiesta era stato arrestato.

Però, dopo mezz'ora d'ansietà e di dubbiezze, invece di vedersi comparire innanzi il signor Lemourue colle furie in dosso, vide entrare il signor Valbrun, negoziante in Germania, condotto dal commissario di Polizia. Ei tosto lo ravvisò per quel signore che avevagli mostrato viva premura, quand'egli trovavasi in Germania nella compagnia Ghiberti.

CAPITOLO IX

Il protettore inaspettato

L'apparizione di quell'ottimo signore parve ad Antonio un nuovo benefizio del Cielo.

Quando Antonio era fuggito dalla casa della signora Ghiberti, il negoziante Valbrun, come s'è già detto, era venuto a sapere la cosa per mezzo d'una lettera che gli comunicò Battista. Quella risoluzione improvvisa avea molto afflitto il buon negoziante, il quale appunto in quei giorni medesimi stava concertando i mezzi di liberar il giovinetto, senza ricorrere a quell'estremo espediente. Mancava però qualche tempo ancora a mandare ad effetto la generosa intenzione. Ora Valbrun, udita la fuga, sospese ogni pratica a quest'oggetto, costrettovi ancor più da bisogni urgenti di commercio che il chiamavano nella Francia meridionale. Pareva dunque che fosse deposto ogni pensiero di correre in soccorso del povero orfanello, quando la Provvidenza decise tutto al contrario.

Dopo la partenza del negoziante, Battista, antico camerata d'Antonio, avea potuto sapere, non è noto il come, che questi s'era indirizzato alla volta d'Italia. La moglie di Valbrun ne scrisse in proposito al marito, il quale per la buona piega che aveano preso gli affari, s'era già messo in relazione con alcune case d'Italia, segnatamente di Milano e di Firenze. Profittando egli dunque dell'opportunità degli affari, viaggiò alla volta d'Italia, desideroso di raccogliere notizie sulla famiglia d'Antonio. Poco appresso venne a capo di ricevere la risposta seguente alle sue interpellazioni:

« Ogni dato ci fa con certa probabilità sempre supporre che il vostro Antonio sia figlio di certo Lorenzo Tontini, agiato contadino delle vicinanze di Firenze.

« Quest'uomo ha confidato l'unico suo figlio, detto appunto Antonio, a suo fratello Pietro Tontini, mercante di telerie in Firenze, perché quel suo diletto figliuolo vi ricevesse un'educazione più scelta, un'istruzione più completa, che non avrebbe potuto ottenere nel paterno villaggio.

« Aveva d'altronde in pensiero, il genitore di questo figlioletto, di affezionare il figlio suo allo zio, ché esso e la moglie sua, essendo già dagli anni e dalle infermità infiacchiti, non vedeano lontano il termine di loro vita, e per conseguenza bramavano di vedere la loro prole bene appoggiata in casa del più prossimo parente.

« Ma Pietro, che aveva assunto il carico di tutore, benché ancora nol fosse, era una trista creatura, in cui ad un cuor duro, inaccessibile a pietà, andava accoppiata un'infernale avarizia.

« Aspirando costui all'eredità del fratello, bramava che Antonio o morisse, o fosse tolto per sempre ai genitori e tratto altrove, ma in modo che non se n'avesse più notizia.

« Il malvagio, dopo molti disegni ruminati nella perversa sua mente, non trovò spediente migliore, né più sicuro, che quello di affidare il nipote a Ghiberti, capo d'una compagnia di cavallerizzi.

« Trovavasi questi allora a Firenze, e vi dava stupende rappresentazioni. Recatosi per caso nel magazzino di Pietro, il Ghiberti vide il giovinetto Antonio, e gli piacque assai per la leggiadria della persona e per la bellezza del volto. Onde, voltosi al mercante, gli disse:

« – Quest'angioletto, questo vago fanciullo, sarebbe mai vostro figlio?

« – Ah! sì, bel ragazzo! cherubino! rispose Pietro, pagherei qualche cosa ad esserne liberato.

« – Oh! come? perché?

« – Perché mi reca il maggior danno possibile ».

Dopo queste poche espressioni, diciferò al Ghiberti ogni suo reo disegno, avendo benissimo subodorato che anche colui era uomo del suo stampo. I due malvagi s'intesero ben presto, onde fecero il contratto in termini tali, che il Ghiberti, riceverebbe in sua padronanza il fanciullo, senza sborsar nulla, ma coll'assoluta condizione che il condurrebbe lontano assai d'Italia, e non ve lo lascerebbe ritornar mai più, né mai permetterebbe che si parlasse di sua famiglia.

Non restava quindi a far altro che dare qualche osso in bocca ai ciarlieri del vicinato, perché avessero a trovar ragionevole la sparizione d'Antonio; sicché il tutore, messa a partito la malizia sua, inventò queste calunnie. Fece sparger voce che il nipote gli avesse rubato una grossa somma di denaro dalla cassa; e per dare maggior colore alla cosa, due giorni prima che Antonio fosse dato al Ghiberti, dopo avere inveito con insulti e minacce contro l'innocente ragazzo, lo percosse gravemente, facendolo strillare, sicché se n'udissero i lamenti e s'avesse a parlare sulla cagione di quel castigo. Accorsero infatti molte persone, e tolsero il fanciullo singhiozzante dalle mani del tutore, il quale intanto sbracciavasi a narrare il preteso furto, ed otteneva fede presso quella gente troppo credula. Il povero Antonio non osava gridare ch'era innocente, per timore di andar soggetto a maggiori pene, se avesse dato allo zio una mentita cotanto solenne.

Due giorni dopo, il fanciullo scomparve, ed il malvagio zio fe' credere quindi, con maggior apparenza di verità, che fosse fuggito col denaro rubatogli.

Altre menzogne poi da esso si diffusero, per dar pascolo ai curiosi, ed altre se ne fecer credere al tradito Antonio, cui si volle persuadere che i genitori erano consenzienti a che andasse, per titolo di punizione, nella compagnia del Ghiberti. Tra per le menzogne, quindi, le minacce, la somma vigilanza, e l'allontanamento del paese nativo, il Ghiberti e lo scellerato zio tenevano per certo che il ragazzo avrebbe a perdere ogni speranza di ritornare in Italia.

Lo zio spinse più oltre la perfidia sua, che, per offerta di denaro, giunse a corrompere un individuo che godeva di certa buona riputazione, perché dichiarasse essere stato testimone della morte del ragazzo. Asseriva costui che aveva veduto Antonio annegato, ed adduceva a prova un abitino lacero ed intriso di sangue, che dallo zio veniva riconosciuto per essere quello che il ragazzo indossava il giorno della sparizione.

Cionullostante l'autorità, non tenendosi paga delle dicerie pubbliche, vietò allo zio d'andare al possesso de' beni del nipote, finché non ne fosse ben chiarita la morte, e fece inserire sulle gazzette, come suolsi, la notizia della sparizione d'Antonio Tontini, aggiungendovi i connotati più caratteristici del fanciullo. Essendo, in progresso, una di queste gazzette caduta sotto gli occhi del signor Valbrun, durante la sua dimora in

Italia, diedesi egli allora colla sollecitudine d'un buon padre, a pregare presso gli uffizi di Polizia delle principali città d'Italia, che s'interessassero in pro di questo figliuolo, che egli asseriva aver veduto in Germania nella compagnia Ghiberti, e che poscia aveva saputo essersi mosso per ritornare in Italia.

Or appunto per tal ragione Antonio fu arrestato in Milano e condotto al circondario, e per cotesta provida misura del buon negoziante ebbero fine le traversie dell'infelice orfanello.

CAPITOLO X

Virtù e Prosperità

In questo mezzo, Antonio s'era tutto racconsolato, vedendosi dinanzi quel signore che altre volte gli aveva dimostrato particolare benevolenza; benché fosse il giovinetto ancor lungi dall'immaginarsi quanto benefiche fossero le mire di quell'eccellente negoziante.

Interrogato dal Valbrun se lo ravvisava,

– Oh! certamente, rispose Antonio, vi ravviso benissimo: ma deh! fatemi condurre alla mia patria, ai miei genitori, Dio ve ne rimeriterà.

– Il tuo desiderio sarà soddisfatto, rispose il Valbrun; quest'è appunto la ragione che qua mi conduce ».

Furon tosto chiamati due testimoni per istendere un processo verbale autentico, che chiarisse il riconoscimento del giovane Antonio, siccome quegli ch'era stato indicato negli annunzi giudiziari, ed il signor Valbrun sottoscrisse, presso l'Ufficio di Polizia, una promessa formale di ricondurlo a Firenze.

Essendosi trattenuto qualche giorno ancora a Milano, il signor Valbrun, per affari urgenti, ricevette altre notizie da Firenze che gli recavano essere morti già da parecchi mesi i genitori d'Antonio, afflitti per la perdita del loro diletto figliuolo; essendo pur morto da circa un mese lo zio Piero, tormentato da lunga e dolorosa malattia e dai più acerbi rimorsi per la passata avarizia e perfidia, ed avere il tribunale civile proveduto all'erede, facendone amministrare i due patrimoni che gli spettavano.

Il prudente Valbrun guardossi bene dal dare improvvisamente ad Antonio tutte queste tristi notizie. Poco a poco ve l'andò preparando, sicché, invece di lasciarsi abbandonare a trasporti di disperazione, che avrebbero gravemente nociuto alla sua gracile complessione ed allo stato febbrile in cui era, ricevette insieme alle dolorose notizie anche le più affettuose ed efficaci consolazioni da quell'ottimo negoziante, che tanto aveva preso ad amarlo.

Partirono finalmente da Milano Valbrun e Antonio, e giunsero in breve a Firenze, dove il Tontini fu riconosciuto dai magistrati per vero e legittimo erede del padre e dello zio.

Nonostante avesse il protettore di Antonio ottenuto di persuadere e con documenti e con testimonianze della verità de' fatti ch'egli aveva esposto, pure, da uomo di specchiata probità e d'esemplare prudenza, diede opera poi a far giungere, presso il tribunale civile di Firenze, altre e più solenni prove, vale a dire la dichiarazione della stessa signora Ghiberti, e di alcuni compagni cavallerizzi ch'erano giunti a penetrare il mistero del rapimento d'Antonio.

Per questo mezzo, il Valbrun ridusse la persuasione altrui in convincimento, e fu assai più pago.

Or rendendosi quindi alle ripetute istanze di Antonio, lo condusse nel villaggio nativo, alla cui vista amena e veramente deliziosa, l'orfanello sparse lagrime di gioia.

Fattosi quindi riconoscere, fu salutato e festeggiato da tutti quelli che si ricordavano ancora con vivo affetto degli ottimi e benefici suoi genitori; segnatamente il buon curato del villaggio lo strinse al seno, ricevendolo siccome una pecorella smarrita che, dopo avere corsi infiniti pericoli, ritorna all'ovile.

Da buono e amoroso figliuolo, volle poscia Antonio spargere una lagrima sulla tomba de' suoi teneri genitori, onde recossi al cimitero, e sulle due croci, che sorgevano vicine sopra le care ceneri de' suoi, prostratosi umilmente, proruppe in pianto sì doloroso, che mosse a pietà tutti quei ch'ivi l'aveano seguito.

Il curato, ch'era pur presente, indirizzò parola di conforto al dolente figliuolo, e gli parlò con patetiche ed efficaci parole della beatitudine che doveano già godere in cielo quelle buone creature, e della gioia che di là proverebbero vedendo il loro amato figliuolo avere sì cara la loro memoria, ed essere d'ora innanzi fuori dei gravi pericoli di diventare cattivo, cui la malvagità dello zio l'aveva esposto.

– Consolati, figlio mio, e se vuoi mostrar loro che perpetuamente gli ami, conservati buono, pio, benefico, imitandoli in queste virtù ch'erano loro tanto famigliari.

Antonio fu poscia, dal signor Valbrun e dal tribunale di Firenze, affidato alla tutela d'un ottimo negoziante fiorentino, il quale si tolse il carico d'educarlo nelle scienze e nelle lettere, e d'iniziarlo al commercio. Quest'onest'uomo sdebitossi religiosamente del suo carico, tanto che Antonio, dopo qualche anno, poté viaggiare, siccome commesso d'affari dello stesso suo tutore, pel resto d'Italia e per la Germania. In queste sue gite egli ebbe principal cura di recarsi a far visita al suo benefattore, signor Valbrun, il quale s'era ricondotto in patria.

Grandi furono i trasporti della più soave accoglienza che si fecero dal signor Valbrun e da' suoi figliuoli ad Antonio, ch'or s'era fatto un giovane compito, adorno di cognizioni svariate e di modi gentili che prevenivano in favor suo. Anche Carlo Valbrun s'era, mercé le cure degli egregi suoi genitori, fatto un eccellente giovane. Saputi poi tutti i casi del giovane italiano, strinse con lui cara e durevole amicizia, fondata nella simpatia e nelle virtù reciproche.

Antonio in progresso, coll'assistenza del tutore, aprì in Firenze un negozio proprio, ove, accudendo con somma industria ed attività a' suoi affari, favoreggiato eziandio dalla fortuna, in breve acquistò ben meritate ricchezze, nonostante che in ogni occasione non mancasse mai di soccorrere con larga e segreta mano ai bisogni.

In mezzo alle quali prosperità, il cuor suo era perpetuamente volto alla famiglia Valbrun, cui ben sapeva e non cessava confessare che andava debitore di sua presente fortuna. Onde già formava in suo pensiero il disegno di andare ad accasarsi presso l'egregio suo protettore, appena gli affari lo permettessero.

Restava un bell'atto di carità a compiere al buon Antonio. Venuto a sapere che la Ghiberti, la quale, vivente il marito, l'aveva protetto, poi l'aveva maltrattato, cedendolo al Lemourue, si trovava in Amburgo nell'angustie della miseria, recossi a trovarla, e non solamente le sovvenne una considerabile somma con che facesse fronte alle istantanee urgenze, ma le fece un assegno fisso, perché non avesse a mancare del pane neppure negli ultimi anni di sua vita. Colmato di ringraziamenti da quella donna, che trovavasi mortificata da tanta generosità, e sentiva al vivo il rimorso di avere sì male agito con un giovane cuore sì eccellente, egli si tolse rapidamente a quelle dimostrazioni di gratitudine, lasciandola persuasa che aveva dimenticato ogni durezza, e solo ricordavasi delle pietose di lei intercessioni, quand'egli era esposto ai violenti rabbuffi ed alle brutalità del Ghiberti.

Ritornato poi in casa del signor Valbrun, realizzando ogni suo avere in Italia, ed investendolo in fondi, che comperò espressamente prossimi alle terre che quell'agiato possedeva, frutto di sua industria e della prosperità con cui il Cielo ne premiava le virtuose azioni, si pose a stare in seno a quella virtuosa famiglia, sposandosi, con giubilo de' genitori, alla figlia maggiore del suo protettore. Chiamavasi essa Teresa, ed era specchio delle virtù e delle grazie della madre.

Così l'orfanello Antonio, per la sua costanza nella pietà e nella religione, meritossi che il Cielo sì palesemente lo proteggesse, e ne benedicesse poi gli anni migliori con una lunga e prospera vita.

Qualche anno dopo le sue nozze, Antonio colla moglie e coll'amico Carlo intraprese un viaggio per la Svizzera, e volle spingersi fino all'ospizio del San Bernardo, scortato però da tutte quelle agiatezze che rendono più delizioso il viaggio, ed accompagnato da esperte guide, che lo fanno più sicuro e profittevole. In questa sua prediletta peregrinazione, ebbe la gioia di abbracciare il pio padre Lorenzo, ed accarezzare quel fido cane, del quale udì vantarsi la crescente perizia, ond'era nata speranza ne' buoni religiosi che quel loro valente cooperatore avesse, se non a superare, a pareggiare almeno i meriti dell'estinta Sibilla.

Partendo vollero, Antonio e la sua compagnia, lasciare ricchi donativi, non già in profitto de' buoni religiosi, i quali non possono trovare adeguato premio alle loro fatiche su questa terra, ma a vantaggio dell'ospizio, perché fossero cresciuti i mezzi di sussidio per gli infelici che tanto frequentemente n'abbisognano in quelle inospite e squallide balze.

INDICE

www.ingramcontent.com/pod-product-compliance
Ingram Content Group UK Ltd.
Pitfield, Milton Keynes, MK11 3LW, UK
UKHW020236250726
13967UKWH00001B/404

9 781291 109283